DES DEMOISELLES IMPRUDENTES...

Liste alphabétique complète des

Romans d'Exbrayat

(Masque et Club des Masques)

	Masque	Club des masques
Aimez-vous la pizza ?	700	55
Amour et sparadrap	680	21
Les amours auvergnates	1001	506
Les amoureux de Léningrad	1061	157
Au " Trois Cassoulets "	1154	229
Avanti la musica	715	43
La balade de Jenny Plumpett	1481	
Barthélemy et sa colère	854	354
La belle Véronaise	1210	268
Les blondes et papa	727	126
Bye, bye, chérie	1330	
Caroline sur son banc	1556	
Ce mort que nul n'aimait	625	133
Ces sacrées Florentines	1046	147
C'est pas Dieu possible	1308	544
Cet imbécile de Ludovic	674	85
Chant funèbre pour un gitan	1012	145
Le château des amours mortes	1608	
Chewing-gum et spaghetti	665	12
Chianti et Coca Cola	897	33
Le clan Morembert	1098	520
Le colonel est retourné chez lui	875	170
Les dames du Creusot	904	398
Le dernier des salauds	958	454
Des amours compliquées	1457	
Des demoiselles imprudentes	721	369
Des filles si tranquilles	1123	529
Deux enfants tristes	1423	555
Dors tranquille, Katherine	762	286
Les douceurs provinciales	1744	51
Elle avait trop de mémoire	583	27
En souvenir d'Alice	1469	
Encore vous, Imogène ?	753	118
Espion où es-tu ? M'entends-tu ?	1761	98
Et qu'ça saute !	1751	106
Félicité de la Croix-Rousse	1033	215
Les fiançailles d'Imogène	1176	197
Les filles de Folignazzaro	797	360
Fini de rire, fillette	1512	
La haine est ma compagne	1634	
L'honneur de Barberine	1741	
La honte de la famille	831	478

	Masque	Club des masques
Il faut chanter, Isabelle	992	498
Imogène est de retour	706	110
Imogène et la veuve blanche	1406	
Imogène, vous êtes impossible	801	140
L'inspecteur mourra seul	638	19
J'aimais bien Rowena	1345	
Joyeux Noël, Tony	1768	63
Ma belle Irlandaise	1719	
Mandolines et barbouzes		80
Marie de nos vingt ans	1380	
Méfie-toi, Gone!	741	67
Les menteuses	1141	223
Les messieurs de Delft	839	312
Mets tes pantoufles, Romeo	1713	
Mortimer, comment osez-vous?	969	294
Ne vous fâchez pas, Imogène	647	75
Le nez dans la luzerne	1597	
Notre Imogène	1070	165
La nuit de Santa Cruz	592	378
Olé! toréro	788	303
On se reverra, petite	824	47
Le petit fantôme de Canterbury	1392	
La petite fille à la fenêtre	1188	239
Plaies et bosses	919	59
Le plus beau des Bersagliers	779	88
La plus jolie des garces	1728	
Porridge et polenta	1291	345
Pour Belinda	975	393
Pour ses beaux yeux	1167	542
Pourquoi tuer le pépé?	1220	256
Le quadrille de Bologne		102
Quand Mario reviendra	1240	318
Quel gâchis, inspecteur	814	39
Qui veut affoler Martine?	1278	336
Le quintette de Bergame	978	181
Le sage de Sauvenat	1667	
Sainte Crapule	1256	327
Le temps se gâte à Zakopane		92
Ton amour et ma jeunesse	1227	247
Tout le monde l'aimait	1086	205
Trahisons en tout genre	1566	
Tu n'aurais pas dû, Marguerite	1430	
Un bien bel homme	1116	277
Un cœur d'artichaut	1536	487
Un garçon sans malice	1782	
Un joli petit coin pour mourir	1020	190
Une brune aux yeux bleus	935	71
Une petite morte de rien du tout	893	414
Une ravissante idiote		114
Une vieille tendresse	1645	
Vous auriez pas vu la Jeanne, des fois?	1755	
Vous manquez de tenue, Archibald	872	384
Vous souvenez-vous de Paco?	616	5
Le voyage inutile	925	441

EXBRAYAT

DES DEMOISELLES IMPRUDENTES...

LIBRAIRIE DES CHAMPS-ÉLYSÉES

A mon ami Baudoin Maertens, prud'homme de la bonne ville de Gand.

PERSONNAGES DU ROMAN

TOONE DE VOS. — *Inspecteur de police.*
GREETJE. — *Sa femme.*
JEF. — *Son fils.*
CYRIEL DE CONNINCK. — *Commissaire du bureau de police de l'Houtdoklaan.*
PIET VAN DAËLE. — *Inspecteur de police.*
ISIDOOR STEGER. — *Agent de police.*
JUSTINE MAES. — *Sœur de Greetje de Vos.*
EDMOND MAES. — *Son mari.*
DEESKE POELMAN. — *Un mauvais garçon.*
GOEDELE. — *Sa sœur.*
TANALLA DE GEEST. — *Mercière.*
RIK STEVENIERS. — *Crieur de journaux.*
JORIS CLAESKENS. — *Son copain, un clochard.*
HILDA VANHUELLE. — *Marchande de frites.*
LODER BAEYENS. — *Patron de l'estaminet « Le Clou rouillé ».*
PHILIPINNA. — *La serveuse.*
KAREL PELLAERS. — *Épicier.*
ANNEKE. — *Sa femme.*
GRETA. — *Sa fille.*
JOOS MOORING. — *Marchand de beurre, œufs et fromage.*
PRUDENCE. — *Sa femme.*
MALVINA. — *Sa fille.*
FONS DEPAUW. — *Boucher.*
PHILOMÈNE. — *Sa femme.*
GUSTAFF DE GROOT. — *Marchand de couleurs.*
JAN VINK. — *Receveur d'autobus.*

L'histoire se déroule dans le Muide, quartier populaire de Gand.

CHAPITRE PREMIER

Isidoor Steger reposa l'appareil téléphonique après avoir dit :

— Attendez, je vais voir s'il est là...

Isidoor était le plus vieil agent de police du quartier. Tout le monde le connaissait et l'aimait. Lui aussi, connaissait tout le monde. Il avait vu pas mal de gosses devenir des hommes et des femmes, parents maintenant d'enfants dont il tirait les oreilles quand il les surprenait à traîner dans des coins où ils n'avaient rien à faire et à des heures où ils auraient dû être chez eux. Même ce Jef de Vos, son tout jeune collègue qu'il allait chercher, il l'avait vu naître vingt-trois ans plus tôt. Il se rappelait l'orgueil de son papa, l'inspecteur Toone de Vos, venant annoncer à l'équipe qu'il était père d'un beau garçon... Isidoor sortit sur le seuil du commissariat de l'Houtdoklaan et appela l'agent qui faisait les cent pas devant la porte, ne s'arrêtant que pour regarder le pont du Muide lorsqu'un chaland voulait passer du Handelsdok dans le Tholuisdok.

— Jef?

L'agent se retourna.

— Amène-toi... une demoiselle te demande au téléphone. Je te remplace, mais grouille-toi, hein?

Ton père est là-haut avec Van Daële et le patron. Ça lui plairait peut-être pas beaucoup d'apprendre que ta petite amie te téléphone pendant tes heures de service!

Le jeune homme rit et, au passage, donna une bourrade amicale à son aîné.

— T'en fais pas, Isidoor... du moment que tu es là, l'ordre public ne sera pas troublé! Tu sais que tu es le meilleur flic de toute la ville de Gand?

Steger haussa les épaules. Ces jeunes, ils n'avaient plus le respect de leurs aînés! A son tour, il se mit à marcher lentement, surveillant le quai, affectant une mauvaise humeur qu'il ne ressentait pas, car, au fond, il était convaincu d'être le meilleur flic de sa bonne ville de Gand; même s'il s'agissait d'une affectueuse plaisanterie, cela lui plaisait assez de se l'entendre dire.

Dans le poste de garde, Jef prit l'appareil :

— Oui?

— C'est toi, Jef?

Tout de suite, il reconnut la voix et son cœur se mit à battre plus vite.

— Je ne m'attendais vraiment pas à ce que tu m'appelles, Siska...

— Tu es fâché?

— Je ne crois pas que cela te regarde. Qu'est-ce que tu veux?

— Te demander pardon, Jef.

— Me demander pardon?

— Oui, je me suis conduite comme une sotte...

En dépit de l'envie qu'il en éprouvait, son amour-propre lui commandait de ne pas céder tout de suite.

— Heureux d'apprendre que tu t'en sois enfin rendu compte!

— Jef... Écoute-moi... je n'ai jamais cessé de t'aimer, mais je me figurais tout de bon que j'avais du talent, que je pouvais devenir une chanteuse qui gagnerait bien sa vie... Et puis, ce type me rebattait les oreilles en me parlant de l'avenir doré qui m'attendait... J'avais tellement envie de le croire que je le croyais...

— Et, à présent, tu ne le crois plus?...

— Non.

— Pourquoi?

— Je t'expliquerai.

— Tu t'es aperçue qu'il se fichait de toi?

— C'est pire, Jef...

— Pire?

— Ce type est un voyou, Jef, mais il n'a pas eu de chance en tombant sur moi; je vais le démasquer devant tous!

— Laisse-moi m'occuper de lui!

— Non, c'est moi que ça regarde, Jef.

— Dis-moi, au moins, de qui il s'agit?

— Je te promets que je te le dirai et... et tu seras bien étonné... Jef, est-ce que tu m'aimes toujours?

— Je devrais te répondre que non, mais ça ne serait pas vrai.

Il l'entendit rire au bout du fil.

— Je suis bien contente, tu sais... J'avais peur que Greta ait pris ma place... Elle t'aime, Greta, et depuis longtemps...

— Je sais... mais c'est toi que j'aime, Siska.

— Écoute, ce soir j'ai promis à Malvina Mooring d'aller au cinéma, à la première séance... Après, j'ai rendez-vous avec le bonhomme en question dans les jardins du Voorhavenlaan. Ce sera vite fait... Alors, si tu veux me rejoindre... à quelle heure termines-tu?

— A dix heures.

— Ce sera parfait... Je dois rencontrer l'autre à dix heures... Quand tu arriveras, je l'aurai fait filer et je garderai notre banc pour que d'autres amoureux ne viennent pas s'y installer... A ce soir, Jef... On va repartir du bon pied tous les deux, tu verras...

Jef sortit en sifflotant et Isidoor, l'œil malin, demanda :

— Alors... on t'aime toujours?

Le jeune homme serra le bras de Steger.

— Je suis heureux, Isidoor!

— Si tu veux mon avis, tu pourrais pas prétendre le contraire! Et, tout compte fait, je préfère te voir comme ça qu'avec cette mine que tu nous montrais depuis près d'un mois!

— Je pensais que Siska était perdue pour moi...

— Siska de Geest, la fille de la mercière?

— Oui.

— Ah!... je me figurais que c'était la petite Greta Pellaers...

— Greta est une amie d'enfance... Elle s'imagine qu'elle m'aime... Ça lui passera!

— T'en es sûr?

— Et puis, qu'est-ce que tu veux que j'y fasse?

Le vieil Isidoor soupira :

— Rien... Allez, je rentre, petit, mais pour ce qui est de Siska de Geest, je suis pas tellement sûr que tu aies bien choisi!

Steger était au courant de tout ce qui se passait dans le vieux et pittoresque quartier du Muide et Jef se doutait qu'il connaissait l'aventure de Siska. Il voulut prendre sa défense.

— C'est un type qui lui a raconté des boniments... D'ailleurs, elle m'a promis de m'expliquer, ce soir!

Isidoor, qui s'apprêtait à franchir le seuil du bureau de police, se retourna :

— Oh! pour expliquer, elles expliquent toujours... seulement, le tout est de prévoir comment tu les prendras, toi, les explications...

Resté seul, Jef de Vos reprit sa monotone promenade. En s'approchant du parapet, il voyait les tramways qui, à leur terminus, attendaient les voyageurs du bout du Woormuide pour les ramener vers le Kornmarkt où bat le cœur de la cité gantoise. Ce pont tournant marquait la frontière du Muide où Jef montait la garde. Au-delà du pont, c'était Gand et, derrière, passée la ligne de chemin de fer de Muide Station, ce n'était déjà plus le vrai Muide dont les habitants se tiennent pour le sel de la vieille terre flamande. Jef avait le sentiment de veiller aux limites d'un petit monde particulier qui enfermait tout ce qu'il aimait. Grâce à son père, il avait réussi à être affecté au commissariat de l'Houtdoklaan. Il n'imaginait pas qu'il pût, un jour, vivre ailleurs que dans le grouillement populaire du Muide dont chaque pierre lui rappelait un souvenir, chaque rue une aventure. Lorsqu'il aurait épousé Siska, ils iraient s'installer chez sa mère — Tanalla de Geest, la mercière veuve — et ils auraient très vite des gosses qui, dans quelques années — comme lui-même autrefois — se poursuivraient sur les trottoirs, se cacheraient dans les appentis, ou bien resteraient sagement sur les docks à écouter gémir les sirènes des remorqueurs. Une bonne vie qui se préparait...

Le commissaire Cyriel de Conninck achevait sa carrière paisible là où il l'avait désiré : à la tête du bureau de police de l'Houtdoklaan, avec la responsabilité de l'ordre public dans le Muide. Grand fumeur de pipe, Cyriel était un homme lourd, amateur de bières épaisses et de nourritures fortes. Ses colères n'épouvantaient plus que les enfants. Ses collaborateurs savaient depuis toujours qu'il ne s'affirmait vraiment dangereux pour leur tranquillité que lorsqu'il parlait doucement ou en maniant une ironie à laquelle les plus bornés se montraient sensibles. Pour l'heure, Cyriel de Conninck ne criait pas. Il exposait paisiblement son point de vue à ses deux inspecteurs, Toone de Vos et Piet Van Daële. Le premier — père de Jef — ressemblait physiquement à son supérieur. Il avait comme lui des épaules larges, un corps massif où la graisse commençait à noyer le muscle et, sous une tignasse blanche aux cheveux indociles, un regard clair de marin. Van Daële, au contraire, se révélait du type maigre et bilieux. D'une nervosité qu'il ne parvenait jamais à maîtriser complètement, il ne cessait de faire craquer les jointures de ses doigts et mâchonnait ses cigarettes plus qu'il ne les fumait.

— Van Daële, vous irez prévenir les Demaeght que nous avons reçu les renseignements demandés de Buenos Aires. Leur fille Anne-Marieken travaille comme serveuse de bar à l'adresse qui est sur ce papier... Ils peuvent lui écrire. Ils verront bien si elle leur répond!

— Pourquoi ne leur répondrait-elle pas?

— Pourquoi est-elle partie sans leur dire au revoir? A quarante-cinq ans, Van Daële, vous devriez comprendre que lorsqu'une fille — même majeure — quitte sa famille à la sauvette, c'est qu'elle n'est pas très fière de la manière dont elle agit.

Maussade, l'inspecteur répliqua :

— Elle voulait se faire une place au soleil!

— Au soleil d'Argentine? Vous en avez de bonnes! Allons, Piet, vous savez bien ce que deviennent les sottes qui se laissent embarquer pour ce pays!... Tant pis pour Anne-Marieken... elle ne récoltera que ce qu'elle a mérité... Quant à cette Leontienje Eygel et cette Clara de Beukelaer de Meulestede, pas de nouvelles. J'ai le sentiment qu'elles se trouvent dans les mêmes parages que leur camarade Anne-Marieken et pour les mêmes raisons. Jusqu'ici, notre enquête n'a rien donné et Buenos Aires n'a pas relevé leurs traces. Vraisemblablement ont-elles voyagé en fraude...

De Vos retira sa pipe de la bouche.

— Il serait alors intéressant de savoir qui leur a conseillé de s'expatrier, non?

— Je m'y emploie, Toone. Leontienje et Clara ne sont pas vraiment de chez nous, mais Anne-Marieken est du Muide. Donc, le voyou rôde aussi par ici et je n'aurai pas la conscience en repos tant que je ne l'aurai pas agrafé. Je ne veux pas qu'on vienne pourrir notre quartier. Malheureusement, ce sera long... et vous ne serez plus là, Toone, pour participer à la chasse puisque vous allez vous livrer aux plaisirs de la retraite, veinard!

Le policier aux cheveux blancs ne parut pas être tellement convaincu de sa chance.

— J'ai longtemps soupiré après cette retraite, et maintenant qu'elle est là, je me sens un peu perdu... Ne plus venir au bureau chaque matin, ne plus fourrer mon nez dans les histoires des autres, qu'est-ce que je vais devenir, moi?

Un peu ému, le commissaire quitta son bureau pour venir taper sur l'épaule de son vieux compagnon.

— Vous serez toujours le bienvenu ici, Toone, et vous savez bien qu'on écoutera toujours vos avis avec intérêt. Et puis, votre fils est là! Il y a encore un de Vos à l'Houtdoklaan. J'espère que vous allez le faire travailler et qu'il passera bientôt ses examens pour prendre votre place hein? En attendant, je ne vous empêche pas de fureter pour tâcher de découvrir les renseignements qui pourraient nous mettre sur la piste de celui qui expédie au diable les idiotes dont nous parlions tout à l'heure... Je suis persuadé que Van Daële appréciera votre collaboration, même si elle n'est plus officielle.

Sans chaleur, Van Daële approuva et son ton le fit regarder avec curiosité par de Conninck.

— Bon. Eh bien! la séance est terminée... Vous pouvez disposer. Van Daële, j'ai un mot à vous dire.

De Vos sorti, le commissaire sourit.

— Je ne voulais pas que de Vos soit au courant. Vous préviendrez tous les autres, Piet. Je tiens à ce que le vin d'adieu que nous offrirons à Toone soit une amicale cérémonie. J'ai pensé que nous pourrions aussi lui remettre un souvenir. Qu'est-ce que vous en dites?

— Ma foi...

— Van Daële, j'ai l'impression que vous n'aimez pas beaucoup de Vos. Est-ce que je me trompe?

— Non.

— Vos raisons ne me regardent pas et vous êtes libre d'agir comme vous l'entendrez, mais je serais navré que vous ne soyez pas présent après-demain quand nous lui dirons au revoir.

— J'y serai.

— Rien ne vous obligera d'ailleurs à lui serrer la main. Envoyez-moi Isidoor, je le chargerai de la collecte. C'est tout, Van Daële.

Le commissaire oublia de tendre la main à l'inspecteur, ainsi qu'il en avait l'habitude à la fin de leurs entretiens. Piet Van Daële en fut ulcéré.

Toone de Vos n'éprouvait guère l'envie de rentrer tout de suite chez lui; d'abord parce que la perspective de son départ très prochain lui mettait du vague à l'âme, ensuite parce qu'il savait que son beau-frère Maes et sa femme Justine — sœur de Greetje — seraient chez lui. Il les aimait bien, les Maes, mais ils l'énervaient un peu et l'idée d'écouter pour la centième fois les sottises de cette tête sans cervelle de Justine ou les gémissements amers d'Edmond quant à la rapacité de ses employeurs, l'écœurait. De l'entrée du bureau de police, Toone regarda son fils et il s'en sentit quelque peu rasséréné. Un beau garçon, son Jef. Plus grand que son père, presque aussi large d'épaules, cela ferait un Flamand de bonne race lorsqu'il aurait atteint la trentaine. L'inspecteur songea aux petits-enfants que Greetje et lui cajoleraient. Cette pensée ramena Toone à d'autres préoccupations et un soupçon de colère commença à l'irriter : Jef se conduisait comme un imbécile, en refusant la tendresse de Greta Pellaers, une bonne et brave fille, unique héritière de l'épicerie paternelle, pour se ronger de chagrin parce que Siska de Geest l'avait laissé tomber. Mais qu'est-ce qu'il espérait donc d'une fille qui courait à droite et à gauche, ce crétin de Jef? Un pareil comportement ne faisait honneur ni à son flair, ni à son jugement. Depuis l'entrée de Siska dans la vie de leur garçon, l'atmosphère n'était plus la même chez les de Vos. Jef savait la piètre estime en laquelle ses parents tenaient la fille de la mercière et parce qu'au fond, il leur donnait peut-être raison, il ne se montrait que plus injuste à leur égard. La bonne camaraderie de Toone et de son fils avait cédé la place à des relations beaucoup plus froides. On se forçait pour se montrer attentif aux soucis communs, tout en prenant garde de ne risquer aucune allusion à Siska, et cette perpétuelle tension d'esprit ôtait toute spontanéité. Chacun s'en rendait compte et en voulait à l'autre.

— Bonsoir, Jef...

— Bonsoir, père... Tu as fini?

— Oui... Je rentre. Tu viendras dîner?

— En vitesse!

Le sourire inhabituel qui illuminait le visage de son fils intrigua de Vos.

— Tu as l'air tout content?

— C'est que je le suis, papa!

— Ah?

— Je vous l'expliquerai, à maman et à toi, tout à l'heure.

L'inspecteur dut se contenter de cette réponse qui, loin de le rassurer, l'inquiétait. Siska avait sans doute réapparu... Les embêtements n'étaient pas terminés.

Suivant l'Houtdoklaan, de Vos s'arrêta un instant pour regarder manœuvrer le pont tournant, puis s'engagea dans Muidepoort, l'artère centrale qui coupe le Muide en deux. Tout de suite, il se heurta à Rik Steveniers, le marchand de journaux, qui criait : *Het Laatste Nieuws*! Rik, un petit bonhomme sec et tordu que le genièvre absorbé à hautes doses semblait avoir cuit de l'intérieur, nourrissait une amitié profonde pour le policier qui, jadis, l'avait tiré d'un mauvais pas en lui évitant d'aller passer quelques années en prison. Depuis ce sauvetage, Rik se serait fait tuer pour de Vos.

— Alors, monsieur l'inspecteur, ça va comme vous voulez?

— Ça ne va jamais comme on veut, Rik. Et toi?

— Oh! moi... pourvu que je vende mes journaux et que je gagne de quoi manger un brin...

— Et boire pas mal?

— Et boire pas mal, d'accord; le reste, je m'en fous, sauf s'il s'agit de vous rendre service, bien entendu.

— Merci, Rik, mais j'espère que je n'aurai jamais besoin de t'appeler au secours!

— Qui sait, monsieur l'inspecteur, qui sait? En tout cas, ce jour-là, un simple signe et Rik est là!

Chaque fois qu'il rencontrait Rik Steveniers — et cela arrivait au moins une fois par jour — Toone de Vos ne regrettait pas son mouvement de pitié d'autrefois. Rik méritait qu'on s'intéressât à lui, en dépit de son trop vif penchant pour la boisson. Peut-être né dans un autre milieu, Rik serait-il devenu quelqu'un? De là à philosopher sur l'injustice du sort et l'égoïsme de la société, il n'y avait qu'un pas. Toone s'apprêtait à le franchir lorsqu'on le héla :

— Seriez-vous fâché, inspecteur, que vous ne me dites pas bonsoir?

Il n'y avait qu'Hilda Vanhuelle, la marchande de frites, pour posséder cette voix de tambour-major. Le policier se secoua et s'approcha de la petite voiture en forme de wagon de chemin de fer où Hilda passait le plus clair de ses heures à vendre des frites à une clientèle qui lui était fidèle depuis plus d'un quart de siècle.

— Excusez-moi, Hilda... Je ne faisais pas attention.

Elle rit d'un bon gros rire réconfortant qui correspondait à son ampleur de matrone.

— Si vous, vous faites pas attention, qui c'est qui le fera !

Celle-là aussi, il la connaissait depuis longtemps. Ils s'étaient trouvés ensemble sur les bancs de l'école enfantine. Une travailleuse, cette Hilda, et destinée à devenir une de ces prolifiques mères de famille qu'on rencontre sur les trottoirs du Muide en train de sonner le rassemblement d'une marmaille indocile à grands renforts de coups de gueule et de menaces. Seulement, la vie ne s'était pas montrée clémente envers elle. Son mari, disparu avec son pétrolier au large des îles Scilly, elle était restée fidèle à la mémoire de ce brave homme, son compagnon de quelques mois. Parfois, quand personne ne pouvait les entendre, Hilda, pour s'adresser au policier, reprenait le tutoiement d'autrefois.

— T'as des ennuis, Toone?

— Des ennuis, peut-être pas... des soucis simplement.

— A cause de Jef?

— Oui... un drôle de tracas, les gosses, Hilda, et qui ne finit jamais.

— Je les ai pas connus, ces tracas, Toone... Il me semble pourtant que j'aurais aimé les connaître...

De Vos s'en voulut d'avoir refait saigner la vieille plaie. Une cliente s'approchant, il s'écarta :

— Allez, au revoir, Hilda...

Entre le Koffiesteeg et le Suikerisjsteeg, se groupaient les commerçants les plus importants du Muide. A droite, Gustaaf de Groot, le droguiste, attendait le chaland, sur le pas de sa porte, les deux mains passées dans le cordon du tablier qui lui ceignait le ventre. Il salua de Vos et sa femme, Wilhelmine, montra sa large et bonne figure pour adresser un bonsoir aimable au policier. De l'autre côté de la rue, le géant Fons Depauw qui découpait un mouton, interrompit sa besogne pour lancer un « Ça va, Toone? » d'une telle voix que sa petite épouse, Philomène, surgit de l'arrière-boutique, croyant à un accident. Tout le Muide s'amusait de ce couple sympathique, où les 145 kilos de Fons paraissaient plus monstrueux encore à côté des 54 kilos de Philomène. Jouxtant la boucherie, le magasin de beurre, œufs et fromages des Mooring étalait un luxe presque insolent dans ce quartier. Joos et Prudence Mooring affectaient de ne plus saluer de Vos depuis qu'il leur avait collé un procès pour une histoire de marché noir. Leur fille, Malvina, passait pour la pin-up du Muide. En face, Karel Pellaers et sa femme Anneke tenaient une épicerie. Ils étaient le père et la mère de cette Greta qui aimait Jef de Vos et que Toone aurait souhaité avoir pour belle-fille. Les Pellaers battaient froid à l'inspecteur, comme s'ils le rendaient responsable de l'indifférence de son fils à l'égard de leur fille. Petits drames, petites querelles soigneusement entretenues pour se distraire, solides amitiés, tout cela constituait la vie quotidienne du Muide où Toone d'ordinaire respirait à son aise.

Avant d'entrer dans sa rue — la Roerstraat — le policier décida d'aller boire un verre au *Geroest Spijker*[1]. Pourtant, il n'appréciait guère le mastroquet, Loder Baeyens, aux yeux injectés d'alcoolique, ni la patronne, Mansse, une molle pleine de mauvaise graisse, mais c'était le seul endroit où en écoutant — et bien qu'on se méfiât de lui — il apprenait des tas de petites choses toujours utiles à savoir

(1) *Le Clou rouillé.*

quand on est chargé de faire régner la tranquillité. A son entrée, Baeyens, qui lisait le journal assis sur une chaise, releva la tête mais la rabaissa aussitôt en grognant une salutation à laquelle de Vos dédaigna de répondre. Il s'accouda au comptoir et ce fut Philipinna, la servante, une fille aux cheveux filasses arrivée de la Campine anversoire qui lui servit sa bière des Trappistes. Levant son verre, Toone aperçut au fond de la salle une silhouette qui lui était connue et qui n'aurait pas retenu autrement son attention s'il n'avait eu le sentiment que ce type cherchait à ne pas se montrer. Il n'en fallait pas davantage pour exciter sa curiosité. Reposant sa bière, il se dirigea tranquillement vers le trop discret consommateur.

— Tiens!... mais c'est Deeske Poelman?

L'autre le regarda, l'air mauvais.

— Et alors?

— Tu ne m'invites pas à m'asseoir à ta table?

— Non.

— Alors, je me passerai de ta permission.

Il s'installa en face de Deeske, un garçon d'une trentaine d'années, vêtu avec élégance voyante et portant le cheveu long retombant dans le cou.

— Philipinna! Apporte-moi ma bière...

La servante s'exécuta de mauvaise grâce. Sournois, Loder Baeyens s'approcha. De Vos l'arrêta :

— Je ne pense pas vous avoir appelé, Baeyens?

Le front bas, le cafetier retourna à sa chaise. Nerveux, Poelman demanda :

— Qu'est-ce que vous me voulez?

Bonhomme, le policier prit une voix douce pour répondre :

— Mais rien, Deeske, rien du tout... Il y a longtemps que tu es revenu dans nos parages?

— Ça vous regarde pas!

— Oh! que si, Deeske... et si tu ne veux pas me parler gentiment, je t'embarque... Choisis?

— Vous avez rien contre moi!

— Seulement que je ne peux pas te sentir, mon gars, et que je te retirerais du circuit avec plaisir... Les individus de ta sorte, on n'en a pas besoin ici.

— Vous oubliez que j'ai mon domicile au Muide, non? J'habite chez ma sœur Goedele...

— Pauvre Goedele... Quand te décideras-tu à lui ficher la paix?

L'autre ricana :

— Elle est pas comme vous, elle aime bien son grand frère...

— Et toi, tu aimes bien ses économies, pas vrai? Tu me dégoûtes, Deeske!

— Vous me plaisez pas tellement non plus!

— Fais le mariole, petit, et je te colle mon poing dans la figure, ça ne traînera pas!

— Mais, à la fin des fins, de quel droit vous venez m'embêter?

— Du droit qu'a un honnête policier de mettre hors d'état de nuire un voyou de ton espèce.

— Évidemment, vous, vous risquez rien à m'insulter...

— De quoi vis-tu en ce moment, Deeske?

— De mon travail.

— Te fous pas de moi, c'est un conseil!

— Je vous dis que je travaille, Bon Dieu!

— Où?

— Là où je peux... Je fais des affaires...

— Quelles sortes d'affaires?

Poelman, pâle, la lèvre tremblante, n'était que haine et peur.

— J'ai pas de spécialité...

De Vos lui plaqua sa grosse main sur l'épaule :

— Écoute-moi, Deeske, tu devrais prendre ton sac et filer le plus loin possible du Muide, très vite... parce que, si tu veux mon avis, tu ne vas pas tarder à te retrouver en prison pour un sacré bout de temps... Compte sur moi... Dis à Goedele de ma part que je la plains de tout mon cœur d'avoir un frère de ton acabit, mais qu'elle n'a qu'à m'appeler si elle souhaite que je la débarrasse de toi.

Deeske ricana :

— Merci quand même !

De Vos finit son verre de bière, jeta l'argent sur la table, se leva pesamment pour gagner la porte, mais, en passant devant Baeyens qui affectait toujours de lire son journal, il s'arrêta :

— Si j'étais vous, Loder, je choisirais un peu mieux ma clientèle... Ça serait ennuyeux pour tout le monde qu'on soit un jour dans l'obligation de vous retirer votre licence, hein ?

Toone sortit sans attendre la réponse du cafetier, mais avant que la porte ne fût complètement refermée, il eut la satisfaction d'attraper quelques-uns des jurons que Poelman et son ami Baeyens égrenaient en chœur.

Depuis toujours, Toone de Vos avait chaud au cœur lorsque, entrant dans sa Roerstraat, il voyait sa petite maison en briques passées au lait de chaux où chantait le vert des volets. Il y était né, son père et sa mère y avaient fermé les yeux, et, vingt-six ans plus tôt, Greetje y était venue à son bras. Des pots de fleurs garnissaient les fenêtres étroites aux rideaux pimpants. Sur la porte en chêne clair, une plaque de cuivre portait : « DE VOS ». Un luxe, car, dans le Muide, tout le monde savait où habitait Toone.

Dans l'entrée, l'inspecteur trouvait toujours ses pantoufles à la même place et son premier soin était de s'asseoir sur le tabouret disposé à cet effet. Avant même d'ôter son chapeau et son manteau, il quittait ses chaussures. Il souffrait des pieds depuis ses débuts dans la police en qualité de simple agent, comme Jef aujourd'hui. A dire vrai, c'était cette même faiblesse qui l'avait poussé à préparer l'examen d'inspecteur, afin d'échapper aux rondes épuisantes et aux longues stations debout qui lui infligeaient un véritable martyre. Toone venait d'abandonner son couvre-chef et son pardessus quand Greetje le rejoignit pour l'embrasser, ainsi qu'elle en avait l'habitude tous les soirs au moment où il regagnait leur demeure. Malgré la cinquantaine dépassée et un corps alourdi, Greetje ressemblait encore à la jolie blonde que de Vos avait menée un matin de printemps à l'église Sainte-Thérèse pour faire bénir leur union. En dépit de toutes les années écoulées, Greetje et Toone, encore amoureux l'un de l'autre, se voyaient avec leurs yeux d'autrefois.

— Pas trop fatigué, Toone?

— Non... et puis, je vais avoir tout le temps de me reposer maintenant.

Elle ne releva pas le propos, sachant l'amertume de son mari à l'idée d'être contraint à la retraite.

— Tu as faim?

— Pas tellement.

— J'ai fait des *koekebakken*[1].

(1) Sorte de crêpes épaisses qu'on mange surtout dans le Limbourg.

Il rit.

— Diable! Je crois que je m'étais trompé et que j'ai bougrement faim!

Se tenant par la main, ils entrèrent dans la pièce pleine de vieux meubles patinés où les attendaient Justine et Edmond Maes. Justine se leva pour embrasser son beau-frère. De dix ans la cadette de Greetje, elle énervait Toone. Ce n'est pas qu'elle fût une méchante fille, mais l'inspecteur lui en voulait de son allure excentrique. A la vérité, la pauvre Justine, sans être idiote, s'affirmait un peu simplette. Elle se prenait pour une de ces beautés dont elle lisait chaque semaine avec avidité les heurs et malheurs dans les revues consacrées aux stars internationales. Dans la certitude de leur ressembler, elle affectait des manières précieuses qui exaspéraient de Vos et parce qu'elle n'avait pas les moyens de s'en faire offrir des vrais, elle obligeait son mari à lui acheter — pour l'anniversaire de leur mariage, pour Noël, pour Pâques — de ces bijoux ersatz qu'on vendait dans de beaux magasins dont les vitrines la fascinaient. Elle portait des bracelets aux deux poignets, des bagues à presque tous les doigts, des colliers, des pendentifs, des boucles d'oreilles si bien que sous la lampe ou dans l'éclat d'un rayon de soleil, elle resplendissait pareille à une idole jetant mille feux. Sa marche s'accompagnait du bruissement léger de tous ces faux ors et de toutes ces fausses pierres. Le Muide entier — quoiqu'elle n'y habitât plus depuis son mariage — connaissait la faiblesse de Justine; on en souriait sans méchanceté, mais, perdue dans son rêve, Mme Maes ne voyait rien.

Corpulent, Toone n'éprouvait qu'une sympathie relative pour son chétif et larmoyant beau-frère, mais il en avait pitié. Ce ne devait pas être drôle tous les jours d'être marié à Justine. Edmond Maes était un malingre, mais un bourgeois, un employé. La sœur de Greetje, en l'épousant, crut s'élever dans la hiérarchie sociale. Edmond occupait un poste de voyageur dans une grosse maison d'Anvers spécialisée dans les produits chimiques. Son travail lui accordait une certaine liberté et n'étant pas astreint à des heures fixes de bureau, il arrangeait son emploi du temps un peu à sa guise, ce qui donnait à Justine l'impression d'être la femme d'un homme libre, son imagination se chargeant du reste. L'énervant chez Maes était qu'il ne cessait de se plaindre. Tout lui fournissait prétexte à gémissements : la modicité de son salaire, les passe-droits dont il s'estimait victime, les hostilités supposées des chefs de service, la fatigue de son métier, l'impossibilité où on le mettait de vivre dans son foyer comme tout homme normal. Déjà, à peine Toone installé à table, Edmond commençait ses litanies irritantes. Greetje les interrompit en apportant ses koekebakken qu'on mangeait en buvant du vin de Moselle. Le soir, les de Vos ne faisaient pas de vrai repas et cela depuis le temps déjà lointain où l'inspecteur n'avait plus eu d'heure fixe pour rentrer. On mangeait solidement à midi et, en fin de journée, on se contentait d'un copieux goûter dont on réservait la part de Jef, que le garçon absorbait rapidement ou tranquillement selon qu'il était ou non de service. Pendant que les autres savouraient les crêpes de Greetje, Edmond se dépêchait d'avaler pour pouvoir reprendre l'interminable déroulement de ses misères. On ne lui prêtait qu'une oreille distraite jusqu'au moment où Justine intervenait :

— Tu vas bientôt finir de nous embêter,

Edmond? Si tu es un bon à rien, ce n'est pas de notre faute! Tu crois que j'ai besoin que tu me rappelles toute la sainte journée que j'ai commis une bêtise en t'épousant? Ça serait plus intelligent d'essayer de me le faire oublier!

Edmond, confus, baissait le nez dans son assiette et se taisait. Depuis quinze ans qu'ils étaient mariés, Maes craignait sa femme et tout le monde savait que Justine portait la culotte dans son ménage. Chaque fois le même scénario et chaque fois les de Vos se sentaient gênés en face de ce pauvre Edmond qui jamais ne répliquait. Seule, Justine semblait trouver ça naturel et quand elle en avait terminé avec son époux, elle disait gentiment :

— Vous m'excuserez, hein! Mais si je ne l'arrête pas tout de suite, on en a pour toute la soirée!

Toone prenait un air détaché mais à part lui il songeait qu'à la place d'Edmond, il ne supporterait sûrement pas que sa femme lui parlât sur ce ton. En entrant, Greta Pellaers acheva d'éclaircir l'atmosphère. Cette grande belle fille respirait le calme et l'honnêteté. Elle accepta de s'asseoir un moment, mais refusa les koekebakken que Greetje voulait absolument glisser dans son assiette, prétextant qu'elle avait déjà mangé et qu'elle passait juste pour dire bonsoir aux de Vos. Personne ne fut dupe car nul n'ignorait qu'elle ne venait que pour voir si Jef était rentré et s'il pensait toujours à cette Siska qui l'avait laissé tomber. On se remit à déguster les crêpes sans savoir trop quoi dire jusqu'au moment où, d'un air faussement détaché, Greta demanda :

— Et Jef, il est de service?

Ce fut l'inspecteur qui répondit :

— Oui, je pense qu'il ne tardera pas à se montrer... Isidoor le remplacera pour un instant. Un brave type ce Steger...

La jeune fille devina un reproche voilé et protesta :

— Jef aussi est un brave garçon!

Toone repousssa violemment son assiette.

— Jef est un imbécile! Car il faut être un rude imbécile pour se manger le sang à cause d'une Siska de Geest!

Greetje intervint :

— Allons, Toone...

— Y a pas d'allons Toone...! Je dis ce que je pense! Je n'aurais jamais cru avoir un fils aussi bête! Et tu peux en être sûre, Greta, je n'en suis pas fier!

Elle protesta :

— Vous exagérez, monsieur de Vos...

— Tu estimes que j'exagère? Alors que Jef pourrait épouser une brave et honnête fille comme toi, il faut qu'il s'amourache d'une petite garce qui se moque de lui :

Justine apporta son grain de sel.

— Je me demande ce qu'il lui trouve à cette Siska?

Greetje donna son avis :

— Elle se prend pour une artiste parce qu'elle a gagné ce concours de chant à la fête d'Ekkergen il y a un mois. Ça lui aura tourné la tête et puis elle doit être mal conseillée... En tout cas, tu peux être tranquille, Greta, depuis que cette demoiselle a chanté au micro, Jef ne compte plus pour elle...

— Mais il y pense toujours...

— Ça lui passera, va...

Edmond voulut renchérir, mais Justine l'arrêta avant même qu'il ait articulé un mot :

— Tais-toi donc, Edmond... Ces histoires-là, tu

n'y connais rien! En tout cas, moi, je ne peux plus supporter de voir Jef avec cette tête d'enterrement! Je lui parlerai...

Toone, qui bourrait sa pipe, suspendit son geste pour déclarer sèchement :

— Je t'en prie, Justine, ne te mêles pas de ça... Si quelqu'un doit lui parler ici, ce sera moi.

Vexée, Justine se leva pour aider sa sœur à débarrasser la table tandis qu'Edmond s'installait dans un fauteuil en face de son beau-frère, refusant le cigare qu'on lui offrait parce qu'il craignait d'être malade. Haussant les épaules, de Vos remettait son étui à cigares dans sa poche lorsque Jef entra.

— Bonsoir tout le monde, j'ai une faim de loup! Tiens, tu es là, Greta? Ça va chez toi?

— Oui...

Elle ne trouvait rien d'autre à dire et, les mains jointes sur sa robe, elle se contentait de le contempler. Justine et Greetje s'empressaient autour du garçon dont elles étaient fières toutes deux, l'une lui servant des koekebakken et l'autre emplissant son verre. Toone le laissa manger deux crêpes avant de remarquer :

— Qu'est-ce que tu désirais nous expliquer à ta mère et à moi et qui te mettait de si joyeuse humeur?

— Siska m'a téléphoné!

Il se fit un silence subit auquel, tout à son exaltation, Jef ne prit pas garde.

— Elle m'a demandé pardon... Paraîtrait qu'un type aurait essayé de l'embobiner avec cette histoire de concours qu'elle a gagné, mais elle s'est aperçu que c'était un salaud...

Froid, de Vos s'enquit :

— Elle te l'a nommé?

— Non, mais je dois la voir ce soir et elle me dira de qui il s'agit... je le connais, paraît-il... Elle se rend à la première séance du cinéma avec Malvina Mooring et puis je la rejoindrai après mon service vers dix heures dans les jardins du Voorhavenlaan. Elle me videra son sac. Après, j'espère qu'on ne parlera plus de tout ça...

Greta ne put retenir un sanglot et, honteuse, se sauva sans prendre congé. Cette fuite inattendue renforça le malaise général et Justine ne pouvant y tenir s'écria :

— Jef! Tu devrais avoir honte!

Héberlué, le jeune homme regarda sa tante et, avec la belle inconscience des gens que le bonheur aveugle :

— Qu'est-ce qu'il y a? Qu'est-ce que j'ai fait?

Toone, rouge de colère, s'exclama :

— Tu le demandes? Tu oses le demander?

Jef n'était pas d'un tempérament à céder facilement, surtout lorsqu'il estimait avoir le bon droit pour lui.

— C'est à cause de Greta? Mais, nom d'un chien, qu'est-ce que vous voulez que j'y fasse? Je ne peux pas l'empêcher de m'aimer, tout de même?

De Vos s'approcha de son fils et, posant les deux poings sur la table, se pencha vers lui :

— Elle t'aime... Elle ferait une épouse et une mère comme tout garçon équilibré en souhaiterait une... Mais toi, tu préfères cette traînée de Siska de Geest!

Pâle jusqu'aux lèvres, Jef se dressa :

— Père! Je te défends de...

— Tu te permets de me défendre quelque chose, toi?

Ils se regardaient dans les yeux. On devinait qu'il

s'en fallaït de peu pour qu'ils en viennent aux coups. Justine pleurait et Edmond, maladroit, tournait autour d'elle, incapable de la calmer; Greetje, attentive, sachant que cette explication devait avoir lieu, épiait ces deux hommes qu'elle chérissait également pour les empêcher, le cas échéant, d'aller trop loin. Greetje, on pouvait toujours compter sur elle dans les moments difficiles. Ce n'était pas une pleurnicheuse comme sa cadette.

— Père, écoute-moi bien... Je serais navré de te manquer de respect...

— Si tu me manques de respect, je t'assomme!

Justine eut un râle d'épouvante et Jef respira bien à fond pour essayer d'apaiser le tumulte intérieur qui le secouait. Il se contraignit à parler doucement :

— Père... tout ce que tu racontes ou rien, ce sera la même chose... J'aime Siska et je l'épouserai.

— C'est bon...

A son tour, Toone s'exprimait lentement.

— ... Mais le jour où tu conduiras cette fille à l'église sera aussi celui où tu quitteras définitivement ma maison. Les femmes qui y sont entrées, personne n'en a jamais eu honte!

— Entendu!

Le bruit de la porte se refermant derrière Jef résonna en chacun d'eux d'une façon lugubre. Il marquait la fin d'un bonheur tranquille. Entre deux sanglots, Justine protesta :

— Ce n'est pas possible! Cette garce lui a tourné la tête! Pourquoi ne bouges-tu pas, Greetje?

— Parce que je suis sûre que mon Jef se reprendra à temps et qu'il n'épousera pas Siska.

Toone avait regagné son fauteuil et paraissait être

absent. Maladroit et plein de bonne volonté, Edmond intervint :

— Justine... je crois qu'il vaudrait mieux partir maintenant... Tu sais que je dois me coucher de bonne heure?

Cette remarque incongrue les laissa sans réaction. Simplement, de Vos dit à sa belle-sœur :

— Emmène-le, Justine, va... c'est préférable.

Le visage en feu, Jef avait regagné le bureau de police de l'Houtdoklaan. En lui, l'indignation le disputait au chagrin. Il ne comprenait pas pourquoi son père se montrait si cruellement injuste envers Siska. Il la défendrait, mais à l'idée de ne plus retourner dans la vieille maison de la Roerstraat, les larmes lui piquaient les yeux. Il connaissait assez Toone pour savoir que, quoiqu'il dût en souffrir, il tiendrait parole. Une fois marié, il lui faudrait demander un autre poste et quitter le Muide pour ne pas rencontrer à tout bout de champ ceux qui l'auraient renié. Mais de quelle façon expliquer l'affaire à Siska sans l'humilier? Perdre ses parents et le Muide, c'était vraiment payer très cher son bonheur à venir. Mais Siska retrouvée valait tous les sacrifices, du moins se le répétait-il pour essayer de s'en convaincre.

Toute la soirée, de Vos resta dans son fauteuil à fumer pipe sur pipe. Greetje n'essaya pas de l'arracher à ses pensées, bien qu'elle souffrît de le voir malheureux. Il fallait le laisser s'en sortir seul. Vers neuf heures et demie, Toone l'appela :

— Greetje... tu crois que j'ai été injuste envers Jef?

— Je pense que tu aurais mieux fait d'essayer de

le raisonner... Il est sous l'emprise de cette fille... Il fallait l'aider à voir clair... Si on t'avait dit de moi ce que tu as dit d'elle, l'aurais-tu accepté?

— Non, bien sûr, mais tu n'étais pas une Siska!

— Pour Jef, il n'y a rien de mieux que Siska... du moins pour l'instant.

— Alors, tu me donnes tort?

— Je ne te donne pas tort, mais tu as été maladroit... et puis, tu sais, même s'il épousait Siska, je ne veux pas perdre Jef...

De Vos prit sa femme dans ses bras.

— Je t'aime bien, Greetje...

Pour ne pas céder à l'émotion, elle plaisanta :

— Belle nouvelle! Tu crois que je ne m'en suis pas aperçu depuis vingt-six ans, gros malin?

Ils s'embrassèrent et retrouvèrent le calme de tous les jours. L'inspecteur passa dans l'entrée pour remettre ses chaussures. Sa femme comprit.

— Tu vas à l'Houtdoklaan?

— Oui... Il faut absolument que je parle à Jef avant qu'il ne rejoigne cette fille... Je veux lui expliquer notre position... Peut-être comprendra-t-il?

— Je suis sûre qu'il comprendra.

Toone de Vos ne se pressait pas de rejoindre le bureau de police. Dans la nuit claire d'automne, il traînassait, embarrassé, se demandant de quelle façon il devait aborder son fils et, sans s'excuser bien sûr, lui faire sentir qu'il regrettait de s'être emporté. De plus, il tenait à lui démontrer tranquillement, sans cris ni paroles trop dures, que Siska n'était pas la femme qu'il méritait, la bru que Greetje et lui espéraient pour continuer la lignée des de Vos. Parce qu'il ne lui déplaisait pas de retarder l'explication, il accepta la proposition de Fons

Depauw, le boucher, de prendre une tasse de café sur le pouce et quand il arriva à l'Houtdoklaan, ce fut pour entendre Isidoor Stéger lui dire que Jef avait filé depuis cinq minutes avec l'air d'un chat se précipitant vers une jatte de crème. Sacrant entre ses dents, Toone s'apprêtait à repartir lorsqu'un tumulte à l'étage au-dessus, où se trouvait la pièce réservée à l'inspecteur de garde, suspendit son mouvement. Piet Van Daële surgit de l'escalier, fort excité.

— La voiture, Steger, en vitesse!

Pendant qu'Isidoor se précipitait pour alerter le chauffeur qui devait jouer aux cartes, de Vos s'enquit :

— Du grabuge?

— Mieux!... Un meurtre!... On vient de nous téléphoner.

— Qui?

— Quelqu'un qui a refusé de donner son nom... Un timide ou l'assassin... ou encore un mauvais plaisant... C'est pourquoi j'attends de voir de quoi il retourne avant de prévenir l'identité judiciaire...

La voiture arrivait, Steger sur le marchepied. Van Daële sauta dedans et cria à Toone :

— Vous venez?

Sans réfléchir, de Vos monta, bien qu'il ne fût pas de service et que cette histoire ne le regardât en rien. L'automobile démarra et, à toute vitesse, remonta le Duidepoort, franchit la ligne de chemin de fer — frontière nord du Muide — se lança dans l'interminable Meulestedesteenweg, mais tourna presque tout de suite dans Liverpoolstraat. Toone demanda :

— Ça s'est passé dans le dock?

— Non, dans les jardins de Voorhavenlaan, à ce qu'il paraît.

Brusquement, de Vos eut du mal à trouver sa respiration.

En dépit de l'heure tardive, des curieux s'étaient rassemblés autour du cadavre dont les jambes sortaient du bosquet marquant la limite du jardin. Marchant comme dans un rêve, Toone suivit Isidoor et Van Daële qui écartaient les gens brutalement. La lampe électrique de Piet éclaira le visage de la victime : une jeune fille portant des ecchymoses sur la figure et une curieuse marque autour du cou, comme si on avait tenté de l'étrangler avec quelque chose de plus large qu'un lacet. D'abord, ils crurent qu'elle était morte de cette strangulation, mais en lui tournant précautionneusement la tête, Steger montra le crâne défoncé. Van Daële grommela :

— Encore une histoire de crime passionnel... Ils se seront disputés, il lui aura fiché quelques torgnioles, tenté de l'étrangler; elle se sera échappée et, furieux, il lui aura tapé sur la tête avec un instrument qu'il tenait à la main. Si on doit en juger par la violence du coup, il devait être plutôt en rogne, le gars...

Tout le monde connaissait la misogynie proverbiale de Piet, célibataire endurci. Il se releva, ricanant :

— Un de plus qui finira ses jours en prison pour une garce... Plus je vieillis, plus je juge les hommes idiots. Enfin... Steger, vous pouvez appeler le médecin et l'identité. Notre boulot est terminé. J'ai l'impression que ce sera facile. C'est votre avis, de Vos?

Toone n'entendait pas. Il ne parvenait pas à détacher son regard de ce visage crispé dans les affres de l'agonie. Sans aucun doute, elle avait vu venir la mort. Peut-être n'y croyait-elle pas tout à fait, cependant, ce qui expliquerait ces prunelles qui, malgré leur fixité, reflétaient surtout l'étonnement.

— Eh bien! quoi? De Vos, je vous parle?

— Pardon?

Enervé, Van Daële dirigea le faisceau lumineux de sa lampe vers la figure de Toone et presque aussitôt poussa une exclamation étouffée.

— Bon Dieu! mon vieux, qu'est-ce qui vous arrive?

— Pourquoi?

— Vous êtes livide... Dites donc, vous ne la connaîtriez pas, par hasard, cette gosse?

— Si... Elle s'appelle de Geest... Siska de Geest... C'est la fille de la mercière de la Matrozenstraat.

Toone avait peur de rentrer chez lui, peur d'apprendre que Jef n'était pas de retour. Il refusa d'accompagner Van Daële au bureau, estimant sa présence inutile. Un fourgon mortuaire emporta le corps que le médecin légiste autopsierait. Toutes les photos prises, les policiers vidèrent les lieux.

De Vos resta seul dans le jardin, théâtre du drame, fouillant le terrain. Il craignait de repérer l'indice qui désignerait Jef. Il s'en voulait de ses vilaines pensées car il connaissait assez son fils pour le savoir incapable d'un pareil geste, et puis il y tenait tellement à cette fille... Il s'apprêtait à s'éloigner lorsqu'il devina plutôt qu'il ne vit une silhouette qui s'esquivait en cherchant à se dissimuler. Il héla l'homme mais celui-ci, au lieu de s'arrêter, prit ses jambes à son cou et, avant que de Vos fut revenu de sa surprise, il avait disparu dans le labyrinthe des docks. L'allure du fuyard lui rappelait vaguement quelqu'un. S'agissait-il de l'assassin? Quoi qu'il en soit, il était trop tard pour tenter quelque chose et, même si on mettait la main dessus, le type pourrait toujours prétendre avoir cédé à la curiosité. Toone s'en alla le cœur lourd. Il redoutait les heures prochaines. En franchissant la ligne de chemin de fer et comme il pénétrait dans le Muide proprement dit, il s'arrêta brusquement. Il se souvenait : l'homme qui avait filé au lieu de répondre à son appel, c'était Deeske Poelman! Du coup, tout s'éclaircit. Pas besoin de chercher un autre criminel. Cette crapule de Deeske...! Avec quel plaisir il l'empoignerait! Certes il n'éprouvait pas beaucoup de sympathie pour Siska de Geest, mais personne n'a le droit de tuer son prochain. Pour si folle, d'ailleurs, que cette petite ait été, elle ne méritait pas de finir de cette façon.

De Vos avançait d'un pas beaucoup plus alerte. Allons! Il damerait encore le pion à Van Daële et il prendrait sa retraite sur une réussite qui le ferait un peu plus regretter de ses chefs. A présent, il était certain qu'en rentrant chez lui, il trouverait Jef dans sa chambre, dormant à poings fermés. Quel imbécile il avait été d'avoir pu supposer, admettre un instant que son fils... Toone ressentait une honte cuisante du désarroi manifesté quelques minutes plus tôt et que Van Daële avait remarqué.

CHAPITRE II

Greetje attendait son mari, anxieuse d'apprendre de quelle manière s'était déroulé l'entretien entre le père et le fils. Elle savait l'affection profonde de Toone pour son garçon et combien il lui en coûtait de se montrer sévère à son égard; elle savait aussi que Jef admirait son père à qui il souhaitait ressembler. Malheureusement, ils avaient l'un et l'autre des caboches flamandes et n'acceptaient jamais de céder quand ils s'estimaient dans leur droit. Il fallait que son époux fût vraiment inquiet sur les suites de cette brève querelle pour qu'il ait pris sur lui d'effectuer le premier pas vers la réconciliation. A travers la fenêtre close, elle reconnut son pas et se leva pour lui ouvrir. Elle fut rassurée en le voyant qui souriait.

— Tu ne t'es pas couchée, maman?

Il ne l'appelait ainsi que dans les moments où il se sentait en étroite communion de pensée avec elle ou qu'il éprouvait le besoin de ne plus être celui qui commande, mais celui qui prend conseil, obéit et qu'on protège.

— Tu ne te figures pas que j'aurais pu dormir? Le temps me durait trop!

Assis sur le tabouret de l'entrée, occupé à délacer ses chaussures, il s'interrompit et redressa le buste.

— Le temps te durait?

Elle le regarda, effarée, se demandant s'il se moquait d'elle ou si, plus simplement, il entendait la taquiner.

— Comment ça s'est passé avec Jef?

— Il ne t'a rien dit?

— Jef?... Il n'est pas encore rentré.

Il éprouva la même angoisse que dans le jardin du Voorhavenlaan et cette horrible impression d'une main glacée qui vous serre le cœur à pleins doigts. Il balbutia :

— Jef n'est... pas... rentré...?

Tout de suite, elle s'affola :

— Qu'est-ce qu'il y a, Toone? Tu dois me raconter!

Mais de Vos n'écoutait plus sa femme. Pourquoi Jef n'était-il pas rentré? Sa logique lui affirmait que si son fils avait appris le meurtre de Siska, il se fut rendu au bureau de police ou chez lui, soit pour aider à la recherche de l'assassin, soit pour se faire consoler. Et s'il ignorait le drame, pourquoi n'était-il pas là? Toone refusait de toutes ses forces l'évidence qui s'imposait à lui. Il gémit :

— Jef...

Épouvantée par le visage de son mari qu'elle voyait littéralement se défaire sous ses yeux, Greetje tomba à genoux.

— Toone, je t'en supplie, dis-moi...

Il passa sa grosse main sur la tête de sa femme.

— Notre garçon, maman...

Elle eut un cri :

— Il est mort?

— Non... mais non...

Il n'osa pas ajouter que cela vaudrait peut-être mieux pour lui et pour eux car, maintenant, il savait que si Jef ne se trouvait pas là, c'est qu'il se cachait. Il se cachait parce que Jef de Vos, agent de police, était un criminel...

— Toone... je t'en prie?

Elle s'accrochait à lui et sa peine s'augmentait de sa peine à elle. Il hésita à lui révéler la vérité. Il n'en eut pas le courage.

— Rien de grave... des idées que je me fais...

Il eut un pauvre sourire qu'il voulut rassurant.

— Tu me connais...

Elle l'épiait, mal convaincue.

— Pourquoi Jef n'est-il pas ici? Il a rejoint cette fille? Pourvu qu'elle ne l'ait pas entraîné à se mal conduire!

Sans s'en douter, elle le torturait. Siska n'entraînerait plus personne... Pour l'heure, elle était allongée sur une table de la morgue et le médecin, bientôt, tailladerait ce corps dont la petite se montrait si puérilement fière. A cause de Jef... Évitant de répondre, il renoua ses lacets de chaussures. Surprise par ce geste familier qui la replaçait dans son univers de tous les jours, Greetje s'exclama :

— Tu ne ressors pas?

— Si...

— Il est plus de onze heures et demie!

— Il faut que je trouve Jef.

— Où est-il?

— Ne te fais pas de souci, maman, je rentrerai dès que je le pourrai et je ramènerai le garçon.

Au moment où il ouvrit la porte, elle le prit par le bras.

— Toone, jure-moi qu'il ne lui est rien arrivé?

— Si cela peut te rassurer, je suis certain qu'il est en parfaite santé.

De Vos erra un long moment au hasard à travers le Muide. Il essayait de deviner où Jef se terrait. Il ne lui venait pas à l'esprit que son fils ait pu franchir les frontières de leur petite patrie. Pourtant, audelà du pont tournant, il y avait Gand endormi et ses refuges innombrables, mais un homme du Muide, fût-ce pour échapper à la police, hésite à s'exiler. Lorsque l'inspecteur passa devant le *Clou rouillé*, Loder Baeyens était en train de fermer. Le cafetier feignit de ne pas voir Toone, mais ce dernier s'approcha.

— Baeyens, vous n'auriez pas aperçu mon fils? J'ai oublié de lui transmettre une communication urgente...

Il parut à de Vos que l'autre évitait de le regarder en face, se contentant de répondre hargneusement :

— M. Jef de Vos ne m'honore pas de sa clientèle.

Le policier faillit lui parler de Poelman, mais il se retint pour ne pas donner l'éveil. Mieux valait laisser croire à Deeske qu'il n'avait pas été reconnu lorsqu'il fuyait vers les docks. A dire vrai, la présence de Poelman demeurait le dernier espoir de l'inspecteur pour se persuader que Jef n'était pour rien dans le meurtre de Siska.

Toone n'osait pas se rendre au bureau de police. Il redoutait la perspicacité d'Isidoor Steger. Bien sûr, le vieil Isidoor ne dirait rien qui puisse nuire à Jef, mais de Vos ne pouvait le lui demander sans faillir à son devoir et comment éviter de lui en parler s'il lui donnait l'impression de s'inquiéter au sujet de son fils? Un peu avant d'arriver au pont, il vit venir à lui Rik Steveniers dont la démarche heurtée révélait assez qu'il avait fait son plein de genièvre.

— Rik... Figure-toi que je suis à la recherche de mon garçon,.. L'as-tu vu?

— Non... monsieur l'inspecteur, mais ça m'étonnerait que Jef soit venu par ici... J'ai pas bougé de ce coin-là sitôt que j'ai eu fini de liquider mes journaux...

— Bon... Eh bien! tant pis... Bonne nuit, Rik.

— Monsieur l'inspecteur, il a des ennuis, Jef?

De Vos se raidit.

— Pourquoi me poses-tu cette question?

— Je vais vous dire... Quand je suis un peu soûl, je devine mieux les choses... Vous avez pas votre voix de tous les jours...

— Tu te fais des idées!

— D'accord... Mais des fois que Jef aurait besoin d'un coup de main pour n'importe quoi... je suis là, hein? Pour n'importe quoi!

Toone ne répondit pas, se contentant de taper amicalement sur l'épaule de Steveniers, cette épave, mais qui était le premier à avoir senti son angoisse, le premier aussi à lui proposer de la partager. Ne sachant plus de quel côté se diriger, il se décida à rentrer chez lui tout en redoutant les questions de Greetje auxquelles il ne pourrait répondre sans lui exposer ses craintes qui l'affoleraient à son tour.

Une auto de police stationnait le long du trottoir devant le magasin Mooring; Isidoor Steger veillait à la porte. De Vos le rejoignit :

— Qu'est-ce qu'il y a, Isidoor?

— L'inspecteur Van Daële a appris que Siska de Geest s'était rendue au cinéma ce soir avec Malvina Mooring, sa meilleure amie, et il a voulu interroger la petite.

— Il fait du zèle, Van Daële...

— Il en a toujours fait, mais à présent on dirait

qu'il met les bouchées doubles... Je ne sais pas ce qu'il espère... Il est un peu vieux pour l'avancement... A mon idée, il voudrait remporter un succès juste avant votre départ que ça me surprendrait pas... Ce qui m'étonne aussi, c'est que Jef ne se soit pas montré... Il l'aimait pourtant bien, cette Siska, non?

L'énergie de de Vos céda d'un coup. Il ne put que murmurer :

— Mon vieux Steger...

Émú, Isidoor prit la main de Toone dans la sienne et la serra longuement avant de lui chuchoter :

— Vous bilez pas, inspecteur... Tout s'arrangera bien... et, surtout, n'ayez pas de mauvaises idées... le hasard, ça existe!

Toone comprit que Steger souhaitait lui laisser entendre qu'il était au courant du rendez-vous de Jef et de Siska, mais qu'il se tairait. De Vos avait besoin de se confier à quelqu'un.

— Isidoor... le garçon n'est pas rentré... je le cherche...

— Et puis après? Il a dû voir le cadavre et son chagrin l'aura poussé à se cacher pour pleurer à son aise... L'amour, ça vous rend tout maboul parfois, à ce qu'il paraît...

Comment l'inspecteur n'avait-il pas pensé à ça? Jef apprend la mort de Siska et, fou de douleur, s'en va droit devant lui, mais il ne vient pas se réfugier chez ses parents, craignant que son désespoir n'y soit pas compris... Toone se redressa avec l'impression qu'on lui ôtait de sur les épaules la charge qui l'écrasait.

De Vos glissait la clef dans la serrure de sa porte

lorsqu'une auto déboucha en trombe dans la Roerstraat et s'arrêta à côté de lui. Van Daële en jaillit.

— De Vos!

Surpris, Toone fit face à son collègue.

— Où est votre fils?

— Aucune idée...

— Il n'est pas rentré?

— Non... Enfin, il n'était pas de retour quand j'ai quitté la maison.

— Veuillez vous assurer de son absence.

Vaincu, Toone ne protesta pas. A ce moment, Greetje apparut sur le seuil. Avant qu'elle ait pu prononcer un mot, son mari s'enquit :

— Jef est là?

— Non.

Van Daële s'avança :

— Bonsoir, madame de Vos..., il vaudrait mieux que vous m'accompagniez au bureau.

Greetje était pleine de questions.

— Pourquoi ne m'explique-t-on pas ce...

Toone la repoussa doucement.

— Va te coucher, maman... Tout à l'heure, je te raconterai tout.

— Mais...

— Va te coucher, je t'en prie.

Elle était depuis si longtemps habituée à obéir qu'elle s'inclina et referma la porte sur le drame qui les concernait tous et dont on ne la mettait pas au courant. Toone regarda Van Daële.

— Allons-y...

Van Daële l'arrêta :

— Un instant... De Vos, ça ne vous surprend pas que je cherche votre fils?

— Non.

— Vous savez pourquoi je tiens à l'interroger?

— Je m'en doute.

— Je crois même que vous faites plus que de vous en douter.

— Van Daële... rappelez-vous une règle de notre métier : ce qui semble le plus vraisemblable n'est pas toujours vrai.

— C'est possible, mais moi, pour l'instant, je tiens à mettre la main sur un criminel, non à recevoir des leçons!

— Pourtant, vous en auriez bougrement besoin par moments.

Des trois hommes réunis dans le bureau du commissaire, seul Van Daële semblait parfaitement à son aise. De Vos, immobile, paraissait absent. Cyriel de Conninck s'affirmait le plus ému.

— Des premières constations, il ressort — vu les ecchymoses que la victime porte à la face ainsi que les traces de strangulation visibles sur son cou — que le crime a été précédé d'une violente altercation et qu'il n'est en somme que la conclusion d'un débat où l'un des protagonistes a perdu la tête. De l'enquête menée par Van Daële, il résulte que Siska de Geest a assisté à la première séance du cinéma Excelsior en compagnie de Malvina Mooring et que les deux jeunes filles se sont séparées à la fin du spectacle. Malvina Mooring, interrogée par Van Daële, a déclaré que Siska de Geest lui aurait dit avoir rendez-vous avec Jef de Vos avec lequel elle espérait se réconcilier. Vous étiez au courant, Toone?

— Oui.

— Pensez-vous que votre fils soit allé à ce rendez-vous?

— Oui.

— Où est Jef en ce moment?

— Je l'ignore.

— Excusez-moi, Toone : vous l'ignorez ou vous ne voulez pas le dire?

— Je vous donne ma parole que je n'en sais rien. D'ailleurs, l'inspecteur Van Daële a pu s'en rendre compte par les quelques mots que j'ai échangés avec ma femme en sa présence.

Van Daële opina :

— C'est juste.

De Conninck reprit :

— Je vous connais depuis assez longtemps, Toone, pour vous croire sans hésitation ni réticence. Jef aimait beaucoup cette fille?

— Beaucoup.

— Et vous?

— Non. J'ai même eu ce soir, avant qu'il ne nous quitte, une dispute avec mon fils à ce sujet. Siska était de réputation douteuse et je n'envisageais pas avec plaisir son entrée dans notre famille. A la vérité, je croyais bien qu'elle ne s'intéressait plus à mon fils lorsque cet après-midi, elle lui a téléphoné pour lui dire qu'elle souhaitait le revoir afin de s'excuser. Elle a même ajouté qu'elle avait été abusée par un homme qu'elle se proposait de dénoncer à Jef. Et je me demande, monsieur le commissaire, si Siska n'a pas été tuée par l'homme qui est responsable de la disparition de ces filles dont nous parlions tantôt ici même. Il est possible qu'il s'en soit pris à Siska de Geest et que cette dernière ayant percé son manège, il ait dû la supprimer pour l'empêcher de le dénoncer.

Le commissaire regarda Van Daële qui haussa les épaules.

— Tout ça, c'est du roman... Je comprends que

de Vos fasse son possible pour nous écarter de son fils, mais nous sommes là pour chercher la vérité. Si Jef n'est pas coupable, comment expliquez-vous sa disparition?

— Je ne l'explique pas. A moins...

— A moins?

— A moins qu'on ne l'ait abattu lui aussi! Il a pu voir le meurtrier.

— Et son corps se serait volatilisé?

De Vos se leva lentement.

— L'inspecteur Van Daële a déjà son opinion établie et je n'ai pas qualité pour l'empêcher d'agir suivant sa conscience... Je vous demande la permission de me retirer, monsieur le commissaire?

Cyriel de Conninck tint à l'accompagner jusqu'à la porte de son bureau où il lui serra longuement la main.

— Toone, il faut que vous sachiez que dans cette épreuve, je suis de tout cœur avec vous comme nous le sommes tous ici. C'est un très grand malheur qui risque de vous atteindre si la culpabilité de Jef est prouvée. Je pense à votre femme. Dites-lui que je partage sa peine mais que je suis persuadé qu'elle comprendra que nous devons remplir notre devoir.

De Vos parti, de Conninck revint lentement vers Van Daële.

— Il ne méritait pas ça... Peut-être faudrait-il étudier l'hypothèse de ce type qui aurait tué Siska pour l'empêcher de parler?

Van Daële ricana :

— Je n'aime pas les romans policiers, monsieur le commissaire. Vous m'avez chargé de l'enquête et, si vous le voulez bien, je la mènerai à mon idée, que cela plaise ou non à de Vos. Si Jef a tué Siska, je le ramènerai ici avec les menottes aux poignets. Mais je respecte assez mon métier pour admettre son innocence au cas où elle serait démontrée. Et si mon opinion vous intéresse, monsieur le commissaire, sachez que je suis persuadé que de Vos ment. Il a caché son fils, mais je découvrirai sa cachette. J'ai beau ne pas habiter le Muide, je le connais aussi bien que lui.

Greetje, qui guettait le retour de son mari, ne lui laissa pas le temps d'ôter ses chaussures.

— Et maintenant, Toone de Vos, est-ce que tu te décides oui ou non à me raconter ce qui se passe?

— Siska de Geest a été tuée.

— Tuée!... Mais... mais comment?

— On lui a écrasé la tête dans les jardins du Voorhavenlaan.

— C'est... c'est horrible!... Sa pauvre mère!... Qui a pu...?

Il ne répondit pas, mais elle ne prit pas garde tout de suite à ce que son silence pouvait signifier. Tout entière accaparée par l'horreur de cette nouvelle, elle ne songeait qu'à la jeune fille morte et à sa mère qui, déjà veuve, allait se retrouver seule. Puis, le premier instant d'émotion passé, elle revint à la minute présente.

— Est-ce qu'on se doute de l'identité du meurtrier?

Comme il ne répondait toujours pas, elle s'énerva, à mille lieues d'établir un rapprochement entre ce crime et l'absence de son fils.

— Eh bien! Toone, tu es sourd ou tu continues à ne rien vouloir me dire?

Il avait espéré qu'elle devinerait sans qu'il eût à préciser.

— Voyons, maman, réfléchis un peu?

— Tu es bon! Je ne connaissais pas les relations de cette pauvre fille!

— Tu en connaissais au moins une...

— Moi? Mais comment... Ah! c'est de Jef que tu veux parler? Qu'est-ce que Jef vient faire dans cette histoire de meurtre?

Toone prit Greetje dans ses bras et la serra très fort contre lui. Surprise, inquiète aussi parce qu'elle devinait — sans en comprendre la nature et l'ampleur — qu'un malheur allait s'abattre sur eux, elle balbutia :

— Qu'est-ce qui t'arrive, Toone?

Il appuya doucement la tête de sa femme contre sa poitrine et, très vite, dit :

— Jef avait rendez-vous avec Siska dans les jardins du Voorhavenlaan. On a trouvé le cadavre de Siska et Jef est en fuite.

Sincère, elle déclara :

— Notre fils n'est pas en fuite, mais en retard, et puis, franchement, quel rapport entre le retard de Jef et la mort de cette petite?

Cette inconscience des mères effarait Toone depuis ses débuts dans la police. Il précisa :

— Piet Van Daële y voit un rapport très net, lui.

Elle se dégagea brusquement.

— Qu'est-ce que Piet...

Les mots moururent sur ses lèvres, parce que, maintenant, elle réalisait et, tout de suite, elle s'indigna :

— Tu ne vas quand même pas dire qu'il soupçonne Jef d'avoir assassiné cette malheureuse?

— Tout est contre lui.

Incrédule, elle le contempla comme si elle le voyait pour la première fois et, doucement, elle s'enquit :

— Mais toi, Toone, tu ne...

Il l'interrompit :

— Moi? Je préférerais être mort que de vivre les heures présentes...

— Ce n'est pas possible! C'est... c'est monstrueux! Enfin, Toone, tu connais notre garçon? Il est incapable de commettre un acte pareil!

— Bien des gens parmi ceux que j'ai arrêtés au cours de ma carrière ne semblaient pas capables de se mal conduire et pourtant...

— Il l'aimait! Pourquoi l'aurait-il tuée?

— Peut-être parce qu'il l'aimait, justement!

Elle chancelait. Ne trouvant pas les arguments nécessaires pour défendre son fils, elle en éprouvait de la honte. Et puis, si Toone, qui adorait Jef, prenait parti contre lui, c'est qu'il avait ses raisons... et des raisons solides. Pourtant, au fond d'elle-même, une révolte montait. Non, pas son garçon, pas Jef! Elle protesta, osant se rebeller pour la première fois de sa vie.

— Je ne te crois pas! Jef est innocent! On s'acharne contre lui! et toi, son père, au lieu de le défendre, tu te ranges du côté de ceux qui l'accusent!

— S'il est innocent, pourquoi se cache-t-il?

Elle ne sut que répondre et pitoyablement murmura :

— Il doit avoir ses raisons.

— Sûrement, Greetje... et la police pense les connaître...

D'un seul coup, sans que rien l'eût laissé prévoir, tout le monde de Greetje de Vos s'effondrait. Devant la catastrophe, elle demeurait abasourdie, incapable d'une réaction. Ainsi, à la campagne, voit-on des vieilles femmes immobiles regarder brûler leur maison que d'autres essaient de sauver. Sans qu'elle opposât la moindre résistance, Toone la conduisit dans le salon et l'installa dans un fauteuil. Elle leva vers lui des yeux noyés de larmes.

— Toone, notre petit, il doit avoir peur...

Pour elle, Jef était redevenu le bambin d'autrefois dont elle apaisait les terreurs irraisonnées. Elle ne songeait pas à un criminel se cachant pour échapper à la justice des hommes, mais à un gosse paralysé par des peurs inventées.

— Il a vingt-trois ans...

— Pas pour moi!

Ils se turent, perdus dans le passé à la recherche de l'enfant que Jef avait été. D'une voix brisée, elle demanda :

— Tu ne vas pas l'abandonner, Toone?

— Si seulement je me doutais de l'endroit où il se trouve... Comment veux-tu que je lui vienne en aide, puisqu'il n'a pas confiance en nous? S'il y a une chance de le sauver, elle ne peut venir que de ses explications... qu'il nous dise ce qui s'est exactement passé... Son silence, sa disparition l'accusent et m'empêchent de tenter quoi que ce soit.

— Cette fille aura été son malheur...

Il n'osa pas lui rétorquer que Jef avait peut-être aussi été le malheur de Siska.

— Maman, nous devrions nous coucher...

— Je ne pourrai pas dormir... Il faut qu'il puisse voir la lumière, qu'il sache qu'on l'attend... Il est possible qu'il rôde près de nous sans oser se montrer...

— Les policiers aussi, doivent rôder. Van Daële surveille sûrement notre maison dans l'espoir que Jef y revienne.

— Ce Van Daële, il ne m'a jamais inspiré confiance.

— Il connaît bien son métier.

— Il serait mieux inspiré de rechercher le coupable que de s'acharner sur un innocent!

Cette foi aveugle dont témoignait sa femme à l'égard de Jef le troublait. Il s'en voulut un peu de ne pas partager totalement cette confiance. Aimait-il moins son fils que Greetje ne l'aimait? Un coup de sonnette les fit sursauter tous deux. Greetje s'exclama :

— C'est Jef!

— Jef ne sonnerait pas, maman, et les policiers l'auraient déjà empoigné...

— Je te dis que c'est Jef!

Et sans vouloir rien écouter d'autre, elle courut vers la porte et ouvrit à sa sœur et à son beau-frère qui paraissaient très excités. Si Edmond avait oublié de mettre une cravate et se présentait en pantoufles, il ne manquait aucun de ses bijoux de pacotille à Justine qui, par contre, avait omis de retirer ses bigoudis. Toone ne put s'empêcher de se demander si sa folle de belle-sœur dormait avec sa bimbeloterie. Négligeant Greetje, Justine — suivie d'Edmond qu'elle semblait remorquer — se précipita dans le salon et s'adressa à Toone :

— Toone! Qu'est-ce que ça signifie?

— Quoi?

— Ce policier venu nous sortir de notre lit pour nous demander où était Jef? Il nous a presque menacés!

De Vos songea que Van Daële n'avait pas perdu de temps et que tous les amis de la famille recevraient sa visite. Justine poursuivait :

— Naturellement, Edmond n'a pas protesté et

c'est tout juste s'il n'a pas proposé à ce malotru de lui préparer une tasse de café!

Son mari esquissa une timide protestation :

— Je t'assure, Justine, que tu...

— Tais-toi! Je sais ce que je raconte, non? Tu t'es aplati devant lui! Moi, j'ai exigé de voir sa plaque de police et il a fallu qu'il me la montre! Et comme il semblait croire que je lui mentais, que Jef se trouvait chez nous, je l'ai accompagné à travers tout l'appartement pour lui prouver qu'il se trompait. Il a pourtant eu le toupet de repartir sans s'excuser! Est-ce que je ne pourrais pas déposer une plainte, Toone!

— Non, puisqu'il n'a pas agi sans ta permission.

— Enfin, pourquoi cherchait-il Jef?

— Parce que Jef est soupçonné de meurtre et qu'il a disparu.

Incrédule, Justine se tourna vers sa sœur et le visage ravagé de Greetje lui prouva que son beau-frère ne se livrait pas à une plaisanterie de mauvais goût. Elle se laissa tomber sur une chaise, où elle sanglota. Quant à Edmond, la bouche ouverte, il regardait Toone, l'air encore plus effaré que d'habitude, tandis que ce dernier résumait les événements de la soirée. Les deux sœurs pleuraient dans les bras l'une de l'autre. A la surprise de tous, la réaction la plus vive vint d'Edmond. Paraissant en proie à une véritable panique, il chevrotait dans son affolement :

— Qu'est-ce qu'on dira chez Smithers, quand on saura que mon neveu est accusé d'assassinat? Ils sont fichus de me flanquer à la porte! Et, à mon âge, où trouverai-je un nouvel emploi? Est-ce juste que Justine et moi, nous n'ayons plus de quoi manger parce qu'il a pris la fantaisie à Jef de tuer sa petite amie?

Sa voix était montée à l'aigu et son énervement tournait à l'hystérie. Toone l'empoigna par sa chemise et le secoua brutalement :

— Assez! Tu entends? Assez! Arrête-toi où je te gifle!

Maes ne pesait pas lourd sous l'étreinte de l'inspecteur. Ballotté, il s'étrangla un peu, toussa et, finalement, pliant les épaules, il redevint le pauvre petit homme que la peur avait un moment transfiguré. Abandonnant Greetje, Justine se rua vers son mari :

— Edmond, tu me fais honte! Tu trahis la famille! Tu es un lâche! Qu'est-ce qui a bien pu me prendre le jour où je t'ai épousé?

A son tour, Edmond fondit en larmes, puis, s'étant mouché, il déclara :

— Je te demande pardon, Justine... à toi aussi, Toone, et à toi, Greetje... Je ne sais plus où j'en suis... C'est peut-être parce qu'on m'a réveillé en plein sommeil... Ne m'en veuillez pas et puis, rien ne prouve que Jef soit vraiment coupable... Tu crois, Toone, qu'il a tué cette fille, mais qu'en sais-tu? Tu n'étais pas présent, n'est-ce pas? Avant de condamner ton fils, il vaudrait mieux l'entendre.

— L'entendre? Mais je ne demande pas mieux! Seulement, où est-il? Tu ne comprends donc pas que cette disparition, cette fuite le condamnent? S'il n'avait rien à se reprocher, il serait là pour nous aider à découvrir le meurtrier de celle qu'il aimait!

Une fois encore, Greetje voulut prendre la défense de son fils.

— Son absence est incompréhensible, Toone; là-dessus, je suis d'accord avec toi. Mais pour quelles raisons adopter tout de suite la plus mauvaise explication? Il y en a peut-être une autre que la culpabilité de Jef?

— Laquelle?

Greetje écarta les bras dans un geste d'impuissance. Toone la considéra avec pitié.

— Tu vois bien, maman...

Maes, qui brûlait de se racheter aux yeux de la famille, proposa :

— Admettons que dans un moment de folie, Jef, ne se contrôlant plus, ait tué cette fille... On ne va quand même pas le laisser passer une partie de sa vie en prison?

De Vos haussa les épaules.

— Le moyen de le lui éviter?

— Écoute-moi, Toone. Je suis bien connu sur le port d'Anvers. Nombre de commandants de cargos sont mes amis... ou, du moins, des relations qui ne refuseraient pas de me rendre service...

— Et alors?

— Et alors, si on pouvait trouver Jef, je le ferais embarquer discrètement sur un cargo qui l'emmènerait loin de la police... Une fois à l'étranger, il referait sa vie.

Tous regardèrent de Vos, guettant sa réaction. L'inspecteur dit lentement :

— Edmond, je suis inspecteur de police. J'aime bien Jef, qui est ma raison de vivre. S'il est innocent, je me battrai de toutes mes forces pour le protéger et le défendre, mais s'il est coupable, je le livrerai moi-même si j'en ai la possibilité.

Greetje gémit :

— Tu livrerais notre fils?

— Je le livrerais, Greetje, parce que — quoi qu'il ait pu faire — je l'estime assez pour penser qu'il m'approuverait de tenir les engagements pris il y a plus d'un quart de siècle. Je te remercie de tes bonnes intentions, Edmond, mais Jef ne fuira pas ses responsabilités si je puis l'en empêcher.

Greetje se révélait insensible à une philosophie de l'honneur dont son garçon assumerait les frais.

— Moi, je l'arracherai à vos griffes!

Toone remarqua amèrement :

— C'est la première fois que tu prends parti contre moi, Greetje.

Mme de Vos faillit se jeter au cou de son mari pour s'excuser, mais pouvait-elle abandonner son Jef?

— Toone, je serai toujours à tes côtés quoi qu'il arrive, mais Jef a, plus que toi, besoin de moi... Alors, c'est vers lui qu'il me faut aller, tu comprends?

— Même s'il est un criminel?

— Même s'il est un criminel... Je n'ai pas à le juger, je suis sa mère.

Edmond s'était remis à pleurer, mais en silence, si bien qu'on ne prenait pas garde à lui. Cette folle de Justine, que tout le monde avait oubliée, se jeta dans le débat avec véhémence :

— A vous entendre, on dirait que Jef est déjà en prison! Je ne suis pas très intelligente, c'est vrai, et je n'ai pas l'habitude de m'occuper des histoires de meurtres, cependant je suis sûre d'une chose : Jef aimait assez Siska pour rompre avec vous deux si vous n'acceptiez pas de la recevoir comme belle-fille. Quand on aime quelqu'un à ce point-là, on ne la tue pas! Voilà mon opinion.

Toone tenta d'éclaircir l'affaire :

— Peut-être Siska a-t-elle annoncé à Jef qu'elle ne voulait plus de lui?

Justine, forte de tous les romans d'amour qu'elle

avait lus, de tous les souvenirs de la presse du cœur dont elle s'affirmait une cliente aussi fidèle que passionnée, répliqua dédaigneusement :

— Et elle lui aurait donné rendez-vous pour lui apprendre cette bonne nouvelle, alors que c'était si simple de lui envoyer une lettre? Et puis, Toone, tu ne te rappelles donc pas ce que Jef nous a dit pendant qu'il mangeait? Siska devait lui révéler le nom du type qui essayait de l'entraîner à je ne sais quel trafic? Qu'est-ce qui prouve que ce n'est pas cet individu qui l'a tuée pour l'empêcher de le trahir?

— Dans ce cas, pour quelles raisons Jef s'est-il sauvé? Quoi qu'on fasse, on en revient toujours là...

— Il a pu avoir un moment de dépression? Peut-être a-t-il eu peur d'être accusé sans pouvoir se défendre? Si j'étais toi, Toone, je m'occuperais du type que Siska allait plaquer...

De Vos avait trop envie de croire au raisonnement de Justine pour négliger la moindre piste. Il lui fallait parler à Deeske Poelman et s'inquiéter de son alibi pour le moment où l'on assommait Siska. Sans souffler mot de ses intentions, il passa dans l'entrée où Greetje le rejoignit. Il prenait son chapeau lorsqu'elle s'accrocha à son bras pour lui murmurer à l'oreille :

— Sauve notre petit, Toone...

Goedele Poelman habitait dans la Akselstraat un petit appartement de trois pièces et une cuisine. Elle y travaillait durement de son métier de lingère. Deeske, son aîné, lui mangeait régulièrement les maigres bénéfices qu'elle en tirait, mais elle était sans énergie et admirait son mauvais garçon de frère autant qu'elle le craignait. A vingt-cinq ans, elle se résignait à n'être qu'une vieille fille aux épaules étroites, à la chevelure terne, aux grands yeux de myope. Quand elle entendit frapper à sa porte, elle crut que Deeske avait oublié ses clefs ou que, pris de boisson, il ne parvenait pas à trouver la serrure. Ayant jeté un châle sur son dos et enfilé ses pantoufles, elle courut ouvrir et se trouva en face du massif Toone de Vos. La surprise l'empêcha de proférer le moindre mot.

— Excusez-moi, Goedele, de vous réveiller à une heure pareille, mais j'ai absolument besoin de parler à Deeske.

Tout de suite, elle s'inquiéta :

— Qu'est-ce qu'il a encore fait?

— Ne vous énervez pas. Il s'agit simplement d'un renseignement très important.

— Il n'est pas encore rentré.

— Vous ne voyez pas où je pourrais le rencontrer?

Elle hésita :

— C'est bien vrai, que c'est juste pour un renseignement?

— Je vous en donne ma parole... Il a dîné avec vous?

— Oui, mais il est ressorti presque immédiatement.

— Et... où est-il maintenant?

— Sans doute chez Baeyens...

— Merci.

En descendant l'escalier, de Vos entendait Goedele refermer tout doucement la porte. Elle ne se recoucherait pas tant que son frère ne serait pas revenu et, pendant que Deeske ferait la grasse matinée, elle reprendrait son aiguille et son dé. Il y en a qui ont des mentalités d'esclaves et qui sont nées pour obéir.

Toone la plaignait, cette pauvre Goedele, mais elle l'énervait un peu.

En sortant de l'immeuble, de Vos eut l'impression qu'une ombre se détachait du mur de la maison contiguë et lui emboîtait le pas. Il se força à ne pas se retourner, sachant qu'il s'agissait de Van Daële attendant que Toone le menât au refuge de son fils. Piet ne pouvait avoir confiance en personne, c'était sa nature.

Tout semblait dormir au *Geroest Spijker*. De Vos s'immobilisa un instant, regardant la rue désertée. Il aimait le visage secret du Muide, que seule la nuit découvrait ; il l'aimait et il en éprouvait un certain malaise. Il lui semblait que derrière l'agitation diurne, familière et bon enfant, grouillait une vie silencieuse où les hommes, les femmes, jetant leurs masques, se révélaient avec leurs vraies figures qui n'étaient pas belles. Il s'approcha de la porte du café et colla l'oreille au volet. Il n'entendit rien. Goedele lui aurait-elle menti ? En se retournant, il aperçut son suiveur qui, surpris par son mouvement, hésita avant de se couler sous un porche. Toone, amusé, sourit. Van Daële devait se demander où son collègue le conduisait et peut-être jugeait-il déjà que Baeyens se révélait un complice des de Vos ? Toone recula jusqu'au milieu de la chaussée pour examiner les fenêtres de l'estaminet. Aucune lumière ne filtrait à travers les persiennes. Il entreprit de passer derrière la maison. Il connaissait toutes les impasses, tous les passages qui sillonnaient le Muide. Il y avait tellement joué aux gendarmes et aux voleurs du temps de son enfance... Se glissant entre des masses d'objets hétéroclites entassés à l'entrée d'un court boyau, il gagna la cuisine de Baeyens et soupira d'aise en constatant qu'elle était encore occupée.

Sans tergiverser, il frappa. On ne répondit pas. Il frappa de nouveau en criant :

— Police!... Ouvrez!...

On fut long à se décider. Il frappa encore. Il perçut un pas, puis entendit qu'on manipulait le loquet. Sous le volet, la porte en s'ouvrant fit gicler une nappe de clarté qui lui happa les jambes. L'inspecteur s'accroupit pour passer et, en se redressant, se trouva face à face avec Loder Baeyens.

— Vous en avez mis du temps?

— A cette heure-ci, je n'ai à recevoir personne.

De Vos montra Deeske, qui buvait assis à la table.

— Et lui?

— Aucune loi ne s'oppose à ce que mes amis me rendent visite, du moment que nous ne nous tenons pas dans la salle du café. Qu'est-ce que vous voulez?

— Simplement avoir une petite conversation avec Poelman.

De sa place, Deeske glapit :

— Je n'ai rien à vous dire, fichez-moi la paix!

— Moi, j'ai à te parler et cela suffit.

Écartant Baeyens, de Vos s'installa en face du garçon.

— Tu sais ce qui s'est passé ce soir, au Voorhavenlaan?

— Non... Il s'est passé quelque chose?

— Un meurtre.

— Ah?

— Tu ne me demandes pas qui on a tué?

— Ça m'intéresse pas!

— Tu n'es vraiment pas curieux! Et vous, Baeyens?

— Quoi, moi?

— Vous êtes au courant de ce crime?

— Les affaires d'autrui ne me regardent pas.

— Décidément, j'admire votre discrétion à tous deux, seulement, vous mentez mal, surtout toi, Deeske! Tu sais parfaitement que Siska de Geest a été assassinée... Mais tu ne connais sans doute pas cette jeune fille?

L'autre, évitant de regarder le policier, hésita, puis :

— Si, je la connais de vue... Ma sœur se sert chez sa mère.

— Et ça ne te surprend pas qu'on l'ait tuée?

— Ça me fait de la peine.

— Ça se voit... tu es un cœur sensible, Deeske... Qui l'aurait cru?

— Où voulez-vous en venir?

— Vous aussi, Baeyens, vous connaissiez Siska?

— Bien sûr!

— Ça ne vous étonne pas qu'on s'en soit pris à elle?

— Je me suis laissé dire qu'elle avait de mauvaises fréquentations...

— Si on en juge par ce qui lui est arrivé, on ne vous a pas trompé. Qu'as-tu fait ce soir, Deeske?

Poelman se dressa d'un jet.

— Vous essayeriez pas de me mettre ce meurtre sur le dos, par hasard?

— Quelle idée!

— Vous en seriez bien capable, tellement vous me détestez... mais y a rien à faire pour cette fois : à dix heures, j'étais déjà là avec Baeyens! Pas vrai, Loder?

Le cafetier approuva :

— C'est exact, inspecteur.

De Vos les regarda d'abord sans mot dire, puis, doucement, il remarqua :

— Vous vous entendez bien tous les deux... mais

pour quelles raisons, Deeske, as-tu cru nécessaire de me confier que tu te trouvais là? Pourquoi dix heures?

Se rendant compte de sa gaffe, Poelman flotta :

— Il me semblait... enfin, j'avais cru...

— Je t'ai déjà dit que tu mentais très mal, Deeske. Comment savais-tu que c'est à dix heures qu'on avait tué Siska?

Baeyens intervint :

— Tu ferais mieux de tout raconter à l'inspecteur, Poelman. Voilà, on nous a appris, en effet, la mort de la petite de Geest. Ce n'est pas à vous que je révélerai que les nouvelles vont vite dans le Muide, hein? Deeske était avec moi, même qu'on étudiait le programme des courses pour demain, mais il s'est mis dans la tête que vous alliez tenter de l'impliquer dans ce crime...

— Pourquoi?

Le frère de Goedele s'emporta :

— Parce que vous vous acharnez après moi! Devant témoins, ce soir, vous avez juré que vous seriez heureux de me coller en cabane. C'est vrai, oui ou non?

— C'est vrai.

— Vous voyez! Alors, j'ai pas raison de me méfier? de pas vouloir être au courant de ce qui se passe dans le Muide?

— Tu as fini de faire le clown, Deeske? Moi, je vais te dire comment tu connais l'heure de la mort de Siska. Tu rôdais sur les lieux du crime, je t'y ai vu et quand je t'ai appelé, tu t'es sauvé vers les docks.

Poelman hurla :

— C'est faux!

— Malheureusement pour toi, c'est vrai!

— Vous mentez! Je vais vous la dire, moi, la vérité!

— Ça m'étonnerait...

— C'est votre fils qui a tué Siska, avec laquelle il avait rendez-vous. Pour sauver votre rejeton, vous voudriez me mettre dans le bain, mais je ne marche pas! Je comprends que ça vous embête d'avoir un assassin dans votre famille, surtout pour un flic, mais ça me fait rudement plaisir, si vous voulez le savoir!

Toone tendit brusquement le bras et agrippa Deeske par sa veste. L'autre eut peur et cria :

— Laissez-moi!

— Laissez-le, de Vos!

Toone se retourna. Van Daële, entré sans bruit, surveillait la scène. Piet s'avança.

— Vous n'êtes pas de service et vous n'êtes pas chargé de l'enquête? Vous n'avez donc rien à faire ici.

— Ça vous amuse de venir au secours de cette crapule?

— Je suis chargé du respect de la loi, même quand c'est un inspecteur qui y contrevient. L'assassin de Siska, c'est moi qui le recherche et je le trouverai. Je crois que vous seriez bien inspiré de sortir, de Vos, avant que ces deux-là ne portent plainte pour violation de domicile.

Le père de Jef regarda son collègue.

— C'est un conseil que vous leur donnez? Vous êtes un pauvre type, Van Daële.

De Vos sortit, sous les regards railleurs de Poelman et de Baeyens. Dehors, Van Daële le rejoignit.

— Prenez garde à vous, de Vos. Si je vous surprends encore en train d'agir en marge de la loi, j'avertirai le commissaire.

— Vous êtes heureux, hein?

— Ça ne vous regarde pas.

— Il faut que vous me détestiez bougrement pour prendre le parti de ces voyous contre moi.

— Je ne prends le parti de personne.

— Vraiment? Pendant que vous y êtes, ajoutez donc que vous éprouvez une grande amitié à mon égard, ce sera aussi franc.

— Non, je ne le dirai pas, parce que ce serait faux. Il y a longtemps que vous m'embêtez, de Vos. Au bureau, il n'y en a que pour vous. De Conninck vous tient pour un policier extraordinaire et parce que vous prenez votre retraite, on dirait que la terre va cesser de tourner!

— C'est donc ça? J'avais bien raison, vous êtes un pauvre type.

— Et puis après?

— Après? Rien.

Soulageant une rancune amassée depuis des années, Van Daële ne s'arrêtait plus :

— Quand on parle des de Vos dans le Muide, on a tout dit. Vous ne m'avez jamais serré la main sans penser à autre chose. Est-ce que j'existais seulement à vos yeux? Qu'est-ce que j'étais, moi, le vieux garçon esclave de ses manies, de ses habitudes, par rapport à Toone de Vos qui a une jolie maison, une femme que tout le monde respecte, un fils que chacun lui envie? Et vous croyez que je n'aurais pas pu être comme vous si j'avais eu votre chance? Depuis dix ans que je suis affecté à l'Houtdoklaan, je vis dans votre ombre, me chargeant des besognes que vous refusez. Même les agents ne prennent que vos ordres en considération. Cet imbécile d'Isidoor Steger montre une tête d'enterrement parce que la réputation des de Vos est en danger. De quoi rigoler, je vous jure!

— Rigolez, Van Daële, ne vous gênez pas.

— Je n'en ai même pas envie... Seulement, mettez-vous bien dans le crâne, de Vos, que si votre fils est coupable, vous ne me l'arracherez pas!

— Vous pourrez, enfin, vous venger de votre médiocrité, hein?

— Peut-être... Foutre les de Vos à bas de leur piédestal ne serait pas pour me déplaire.

— Ce n'est pas pour demain.

— Attendez que je retrouve Jef!

Toone considéra le visage maigre de son collègue que la colère pâlissait, puis il soupira :

— Je vous plains...

Et il lui tourna le dos.

— Attendez!

De Vos lui fit de nouveau face.

— Vous n'avez pas fini de vider votre sac?

— Où allez-vous, maintenant?

— Je rentre chez moi. Vous y voyez un inconvénient?

— Je souhaiterais en être sûr, ça m'éviterait de vous filer.

— Surtout que vous vous y prenez fort mal... Je préfère vous donner ma parole que je regagne la Roerstraat plutôt que de vous sentir dans mon dos.

— C'est bon, je vous crois.

Toone se mit à rire.

— Dites donc, vous êtes comme les autres : vous ne vous permettez pas de mettre en doute la parole d'un de Vos!

Mâchonnant des jurons, Van Daële regarda s'estomper la silhouette de cet homme qu'il détestait mais qu'il ne pouvait s'empêcher de respecter.

Quand elle sut que son mari ne ramenait pas son fils, Greetje s'enferma dans sa chambre où, les mains jointes sur un chapelet qui lui venait de sa grand-mère, elle commença une interminable prière. Justine, plus impressionnée par le silence de sa sœur qu'elle ne l'eût été par ses cris, décida de demeurer auprès d'elle. Elle chargea Edmond de lui rapporter du linge en venant déjeuner le lendemain, puis, sur les conseils de Toone, elle alla s'allonger sur le lit de Jef.

Avant de regagner sa demeure, Edmond Maes tint à assurer son beau-frère qu'il pouvait user de lui comme bon lui semblerait. De Vos n'osa pas lui dire que le plus grand service qu'il pourrait lui rendre serait de ne se mêler de rien.

CHAPITRE III

Toone de Vos s'était couché, prévoyant que la journée à venir serait pénible. Mais comment dormir tranquillement quand on se répète que son fils erre par la ville, pareil à une bête traquée? L'inspecteur ne parvenait pas à se représenter son garçon tel qu'il était aujourd'hui. Éreinté, il mélangeait les années enfuies et le moment présent. Dans l'espèce d'hébétude somnolente imposée par la fatigue, de Vos s'imaginait que c'était le petit Jef d'autrefois qui ne rentrait pas et qu'il l'attendait pour lui administrer la correction méritée. Se rajeunissant lui-même — parce que pris au piège de son propre rêve — il marmonnait que le gosse avait de mauvaises fréquentations. Parmi ces camarades douteux qu'une mémoire fidèle alignait dans son esprit, l'inspecteur en remarquait un qui ressemblait à son collègue Van Daële. Pour le narguer, ce gamin sortit du rang et Toone constata sans trop de surprise qu'il s'agissait bien de l'inspecteur Van Daële, miraculeusement retourné à l'enfance pour détourner Jef de ses devoirs. De Vos voulut se jeter sur Van Daële, afin de protéger son fils, et son mouvement brutal le réveilla.

Greetje avait laissé allumée la lampe de chevet, transportée sur la commode pour ne point gêner le repos de Toone. Si faible qu'en fût la clarté, Jef la verrait s'il revenait et saurait ainsi que sa mère guettait son retour. Greetje priait depuis des heures. Entre ses doigts, les grains de chapelet glissaient imperceptiblement. Les yeux mi-clos, elle paraissait reposer et dans le visage immobile, seules les lèvres bougeaient. Une détresse que Toone ne pouvait consoler. Les premières lueurs de l'aube commencèrent à pointer dans le ciel.

— Maman... tu devrais prendre un peu de repos?

Elle ouvrit des yeux aux paupières rougies.

— Est-ce qu'il se repose, lui?

Toone ne trouva rien à répondre. Il s'assit sur le lit et, machinalement, en dépit du tôt de l'heure, bourra sa pipe.

— Maman... crois-tu que Greta est au courant?

Surprise par cette question imprévue qui la ramenait dans l'existence quotidienne, elle répliqua :

— Sans doute... d'ailleurs, tu penses bien que tout le monde est averti dans le Muide.

— Alors, pourquoi n'est-elle pas venue?...

Sans prendre garde aux mots qu'elle prononçait, elle répéta :

— Pourquoi n'est-elle pas venue?...

— Ça ne lui ressemble pas... Elle aime Jef, elle t'aime beaucoup... La Greta que nous connaissons aurait dû se précipiter ici pour avoir des nouvelles, pour te consoler, pour être rassurée... Pour quelles raisons ne l'a-t-elle pas fait?

Épuisée par sa veille, Greetje avait du mal à rassembler ses idées. C'était vrai que l'attitude de Greta ne correspondait pas à ce qu'ils étaient en droit d'attendre de la jeune fille. Au fur et à mesure qu'il posait des questions à sa femme, Toone se les posait à lui-même. En somme, il réfléchissait à haute voix. Soudain, il se leva, remit ses chaussures, sa cravate, enfila sa veste et, passant devant Greetje pour sortir de la chambre, il se pencha pour l'embrasser et lui chuchoter :

— Si Greta n'est pas venue nous demander des nouvelles de Jef, c'est peut-être qu'elle n'en a pas besoin?

— Pas besoin?

— Parce qu'elle en a de plus fraîches que nous!

Dans le Muidepoort, tout dormait encore. Les boîtes à ordures, alignées le long des trottoirs, attendaient le passage des boueurs. Les caisses rangées devant le magasin des Pellaers débordaient de boîtes de carton et de légumes avariés. Il s'agissait pour le policier de réveiller le père de Greta sans trop faire de bruit pour ne pas alerter les voisins. Il toqua au volet de la devanture. Heureusement, Karel Pellaers dormait peu et mal, un foie trop longtemps maltraité l'empêchant de goûter un repos prolongé. De Vos n'eut pas à frapper longuement avant qu'une fenêtre ne s'ouvrît au-dessus de lui. Dans la clarté diffuse du jour à peine né, Toone distingua la tache blanche de la chemise de l'épicier.

— Qu'est-ce que c'est?

— C'est moi, Karel... de Vos.

— Qu'est-ce que vous voulez?

— Vous parler.

— A cette heure-ci?

— Vous pensez bien que si je me suis permis de vous réveiller, c'est qu'il y a urgence.

— C'est bon, je descends.

Karel Pellaers demeurait fidèle aux habitudes de

l'ancien temps et il portait de longues chemises de nuit comme son père et son grand-père. Ayant hâtivement enfilé son pantalon, il n'avait pas pris garde qu'un pan de chemise flottait par-derrière, ce qui lui donnait une allure cocasse. Traînant ses pantoufles, il ouvrit la porte et l'inspecteur se glissa vivement à l'intérieur, refermant tout de suite derrière lui.

— Bonjour, Karel... et merci.

Clignotant, bâillant, se grattant la poitrine, ce gros homme roux examinait de Vos, l'air perplexe.

— Qu'est-ce qui se passe?

— Vous êtes au courant pour Jef?

Gêné, Karel hocha la tête affirmativement.

— Ça me fait de la peine pour vous et pour votre femme... Vous ne méritiez pas ça, Toone. Pourquoi diable, est-il allé s'amouracher de cette petite garce, alors que...

Il n'acheva pas sa phrase, mais l'inspecteur savait ce qu'il pensait : « Alors que ma fille l'aime... »

— Karel, c'est à cause de Jef que je suis ici.

— A cause de Jef?

— Il est nécessaire que je puisse voir Greta tout de suite.

— Ah! non! Je ne veux pas que ma fille soit mêlée à cette vilaine histoire!

— Je crains qu'elle n'y soit mêlée, Karel, et qu'elle n'ait commis une grave imprudence... C'est pourquoi, il importe que je m'en assure au plus tôt, pour la tirer d'affaire, le cas échéant.

Inquiet, Pellaers hésitait :

— Mais, elle dort...

— Réveillez-la, cela en vaut la peine!

Troublé par le ton assuré de son visiteur, Karel s'inclina :

— Bon... suivez-moi.

L'un derrière l'autre, ils montèrent l'escalier menant au premier étage. Devant la chambre de sa fille, Pellaers s'arrêta et frappa. Derrière eux, une porte s'ouvrit et Anneke Pellaers montra un visage bouffi de sommeil.

— Qu'est-ce qu'il y a, Karel?

— Recouche-toi, Anneke, je t'expliquerai...

— Mais qui est là?... Oh! Toone de Vos!

Honteuse d'être surprise dans sa tenue de nuit, l'épicière disparut précipitamment. Pendant ce temps, Greta avait entrouvert la porte de sa chambre.

— Quelle heure est-il donc?

Avant que son père ne lui ait répondu, Toone s'avança :

— C'est moi, Greta... J'ai besoin de te parler.

— Une... une minute...

Le trouble de la jeune fille n'échappa pas au policier et il comprit alors qu'il avait deviné juste. Ayant tiré les couvertures de son lit et enfilé une robe de chambre, Greta fit entrer les deux hommes. Karel s'excusa maladroitement :

— Toone dit que tu t'es mise dans un mauvais cas, petite...

De Vos l'interrompit :

— Laissez, Karel... Écoute-moi, Greta : tu aimes Jef, et tu sais que Greetje et moi, nous serions heureux de t'avoir pour bru. Hier soir, je me suis disputé avec mon fils à ton sujet, parce que nous n'approuvions pas ses fréquentations. On t'a raconté ce qui est arrivé à Siska?

Elle répondit dans un murmure :

— Oui.

— Tu sais aussi que Jef est soupçonné de l'avoir tuée?

Elle réagit avec violence :

— C'est faux!

Cela fit chaud au cœur de Toone. Doucement, il demanda :

— Comment l'as-tu appris?

— Mais... mais des voisins, il me semble...

— Non, Greta... Tu as vu Jef et c'est lui qui t'a affirmé qu'il n'était pas coupable... n'est-ce pas?

— Oui.

— S'il est innocent, pourquoi s'est-il sauvé?

— Il a eu peur qu'on l'accuse... Tout le monde dans le Muide connaissait sa tendresse pour Siska...

— Ce n'est vraiment pas la peine qu'il soit agent de police pour ne pas comprendre que sa fuite le condamne et que, tôt ou tard, on lui mettra la main dessus! De quelle façon se justifiera-t-il, alors? Van Daële est sur sa trace. C'est un rude chasseur. Quoi que tente Jef, c'est Van Daële qui gagnera la partie. Où est caché mon fils, Greta? Il importe que je le découvre avant les autres. Où est-il caché?

— Je... je l'ignore...

— Où l'as-tu caché, Greta?

— Moi? Mais...

— Il sera arrêté, Greta, et tu seras considérée comme complice. En agissant de cette façon, tu causes son malheur et le tien. Estimes-tu que je veuille nuire à Jef?

— Non, bien sûr...

— Dis-moi où tu l'as caché, Greta? que j'essaie de le sauver pendant qu'il en est encore temps... dans quelques heures, je ne pourrai plus rien pour lui.

La jeune fille éclata en sanglots. Toone lui passa son bras autour des épaules.

— Tu t'es imaginé lui rendre service, Greta... et je t'en remercie au nom de sa mère et au mien, mais à présent, regarde les choses en face... Laisse-moi essayer de l'arracher à la prison...

— Il est dans le grenier, au fond, derrière les malles...

Pellaers poussa une sorte de rugissement :

— Mais tu es donc devenue folle? Comment a-t-il pu entrer sans que je le voie?

— Par la remise... Je l'ai gardé dans ma chambre jusqu'à ce que tu sois couché.

— Dans ta chambre!

Elle se redressa :

— Et puis, après?

— Enfin, voyons, dans ta chambre!... ça... ça ne se fait pas... Quand ta mère l'apprendra...

— Tu n'as pas besoin de le lui dire.

Déconcerté, Karel se tourna vers l'inspecteur :

— De Vos, votre fils est un... est un...

— D'accord, Pellaers, d'accord. Nous en parlerons plus tard... Laissez-moi quand même vous donner mon opinion : Greta est une fille bien et je serais bougrement fier d'être son père. Le grenier est juste au-dessus, petite?

— Oui, c'est la seule porte sur le palier du second étage... Tenez, prenez cette lampe; vous risqueriez de buter contre tout ce qui est entreposé...

Laissant le père et la fille en tête à tête, Toone gagna le grenier. Du seuil, balayant l'obscurité avec le faisceau de sa lampe, il appela :

— Jef?... c'est moi...

Dans le silence, il lui parut entendre qu'on se déplaçait avec précaution. Il répéta :

— Jef, n'aie pas peur... c'est moi, ton père.

— Papa!

Écartant des caisses, le garçon apparut et se jeta dans les bras de l'inspecteur. Les deux hommes s'embrassèrent.

— Pourquoi n'es-tu pas rentré à la maison, petit?

— On m'aurait arrêté! Et je ne veux pas aller en prison!

— Assieds-toi...

Ils prirent place, Jef sur une caisse, Toone dans un vieux fauteuil bancal. De Vos éteignit sa lampe pour ne pas gêner son fils.

— Ce qui est fait est fait, Jef. Pour moi, maintenant, je n'ai besoin de savoir qu'une chose : as-tu tué Siska de Geest?

La voix grave, calme de Toone apaisa la nervosité du fugitif.

— Non, père.

— Tu sens bien, n'est-ce pas, Jef, que je ne puis t'aider que si je suis sûr que tu me dis la vérité, quelle qu'elle soit?

Posément, cette fois, Jef répéta :

— Sur la tête de maman, je te jure, père, que je n'ai pas tué Siska. Elle était déjà morte quand je suis arrivé près d'elle.

— Je te crois et tu m'ôtes un sacré poids, fils! A présent, raconte-moi!

— En entrant dans le jardin, je me suis tout de suite dirigé vers notre coin, celui où nous avions l'habitude de nous rencontrer, Siska et moi... Elle ne s'y trouvait pas... C'est-à-dire que ne la voyant pas, j'ai pensé qu'elle était en retard et puis, j'ai buté dans quelque chose et j'ai failli tomber. J'avais ma lampe de poche, j'ai éclairé et je l'ai vue avec tout ce sang... Je lui ai pris la tête dans mes mains et je suis resté quelques minutes comme paralysé... Je ne comprenais pas... Je ne parvenais pas à admettre que Siska, ma Siska était morte. Je ne songeais pas à son meurtrier ni aux causes de sa mort. Je me répétais qu'elle était morte. Je ne pouvais rien faire d'autre. Et puis, brusquement, j'ai aperçu le sang sur mes mains, sur ma tunique... Je me suis affolé... Je me suis dit qu'on allait m'accuser... Je me suis sauvé... Je ne sais pas combien de temps j'ai erré dans le Muide avant de gagner la maison des Pellaers... J'ai appelé Greta. Elle m'a caché... Voilà tout.

— Pourquoi t'es-tu rendu près de Greta au lieu de venir vers nous?

— Peut-être parce que j'avais honte...

— Peut-être aussi parce que tu savais que Greta t'aimait assez pour tout comprendre... pour sacrifier sa réputation à seule fin de te sauver... Si tu t'en sors, Jef... mais nous reparlerons de tout cela plus tard... Tu n'as aucune idée du type que Siska a vu avant toi?

— Non.

— Ça n'arrange pas les choses...

— Je suis dans de sales draps, hein?

— Assez, oui. Van Daële est à tes trousses et il chasse dur. A travers toi, c'est moi qu'il espère démolir, mais la partie n'est pas jouée, quoi qu'il en pense... Nous rentrons à la maison. Il faut rassurer ta mère, qui te croit mort. Tu prendras un peu de linge et nous irons ensemble voir le commissaire de Conninck.

— Tu veux que je me livre?

— Pas moyen de s'en sortir autrement! Un mandat d'arrêt est lancé contre toi depuis que Malvina

Mooring a déclaré que Siska l'a quittée, à la sortie du cinéma, pour te rejoindre.

— Mais si on ne retrouve pas l'assassin?

— Je le trouverai.

Sur le palier du premier étage, Greta guettait leur passage. Lorsqu'ils furent à sa hauteur, elle s'avança :

— Ce n'est pas moi qui t'ai trahi, Jef... Quand ton père est arrivé, tout à l'heure, il savait déjà que je t'avais caché et il m'a expliqué que lui seul pouvait te sauver...

— Tu as bien agi, Greta... Je te remercie.

De Vos intervint :

— Tu ne penses pas que tu pourrais la remercier mieux que ça?

Après une très légère hésitation, Jef embrassa Greta sur les deux joues et la jeune fille retourna pleurer dans sa chambre. En gagnant le rez-de-chaussée, Toone susurra :

— Une fille épatante... dommage que tu ne l'aimes pas...

Il espéra une réponse qui ne vint pas.

Dans le magasin, Karel Pellaers les accueillit avec amertume :

— Alors, Jef, ça te suffit pas de rendre ma Greta à moitié folle, il faut encore que tu la déconsidères aux yeux de tout le quartier?

— Je vous demande pardon, monsieur Pellaers.

— On ne pardonne pas des choses comme ça du premier coup... ça serait trop facile!

Toone tenta de calmer l'épicier :

— Personne n'est au courant, Karel, et si vous n'en parlez pas, nul ne le saura?

— Mais moi, je le sais, Bon Dieu! Et sa mère! Si tu n'étais pas dans le pétrin, Jef, je te calotterais!

Mais par respect pour ton père que j'estime, je te dirai simplement que t'as mal agi et que t'es un gros égoïste... A propos, cette Siska, c'est toi qui l'as tuée?

— Non.

— Tant mieux! C'est déjà assez que ma fille ait hébergé un homme dans sa chambre en pleine nuit, mais si, par-dessus le marché, c'était un assassin, ça serait le comble! Je ne te serre pas la main parce que tu m'as trompé et que t'as poussé Greta à me tromper, mais je souhaite que tu t'en tires...

— Merci, monsieur Pellaers...

Dès l'entrée de la Roerstraat, Toone montra à son fils la clarté qui brillait à la fenêtre de Greetje.

— Elle t'attend...

Spontanément, ils hâtèrent le pas, mais comme ils atteignaient la porte, Van Daële se montra, un sourire ironique aux lèvres.

— Alors, de Vos, vous ignoriez où il se cachait?

— Je l'ignorais...

— A d'autres!

— D'abord, de quel droit affirmez-vous que mon fils se cachait? Il n'est pas rentré de la nuit, un point, c'est tout. Il n'était pas de service et, donc, libre de ses mouvements. Il est d'âge à découcher.

— C'est ça votre système de défense?

— Mon système de défense, en admettant que mon fils ait besoin d'être défendu, je n'ai pas à vous le révéler, monsieur Van Daële.

— Ça suffit, de Vos! Gardez vos astuces pour plus tard. Pour l'instant, j'embarque Jef!

Toone se glissa entre son fils et son collègue et, posément, affirma :

— Vous n'embarquez rien du tout, monsieur Van Daële...

Tremblant de rage, Piet s'écria :

— Vous ne vous figurez quand même pas que vous allez me donner des ordres?

— Si j'étais vous, monsieur Van Daële, je m'écarterais de mon chemin avant que je ne me mette en colère pour de bon.

— De Vos, vous me paierez ça... Je vous jure que vous me le paierez!

— Je paie toujours ce que je dois, monsieur Van Daële, mais seulement ce que je dois. Mon fils va monter embrasser sa mère, prendre un peu de linge et m'accompagner au bureau de police. Voilà mon programme et qu'il vous plaise ou non, ça m'est complètement égal... Viens, Jef.

Toone écarta paisiblement l'inspecteur qui se tenait devant la porte et fit passer son fils qui pénétra dans la maison. Au moment d'y entrer à son tour, de Vos se retourna vers Piet :

— Comme vous seriez capable de vous imaginer que j'ai l'intention d'aider Jef à se sauver, je vous autorise à nous suivre, monsieur Van Daële, si le cœur vous en dit.

Se mordant les lèvres jusqu'au sang sous l'empire de la colère qui grondait en lui, Piet Van Daële emboîta le pas sans répliquer.

Il prêtait l'oreille en vain : il ne parvenait pas à entendre ce qu'ils se racontaient, enfermés dans la chambre des parents. A leur arrivée, une bonne femme couverte de bijoux et qui semblait avoir dormi tout habillée, s'était précipitée sur Jef pour le manger de baisers que le garçon n'avait pas semblé goûter particulièrement. Puis Greetje apparaissant avait, sans mot dire, ouvert les bras à son fils. Ensuite, ils s'étaient tous enfermés dans cette chambre dont Van Daële n'osait pas s'approcher. Personne ne lui avait prêté attention. Il ne se serait pas trouvé là, ç'aurait été exactement la même chose. Avant de quitter le salon, de Vos avait annoncé :

— Vous pouvez téléphoner à de Conninck si vous l'estimez utile, monsieur Van Daële.

Il avait téléphoné et le commissaire ne lui avait pas paru tellement heureux de la capture de Jef de Vos. Oubliant de féliciter l'inspecteur, il l'avait prévenu qu'il serait au bureau à six heures.

Ils se rendirent tous trois à l'Houtdoklaan, marchant de front, et Toone prit soin de se placer entre son fils et son collègue. Cyriel de Conninck les attendait. Avant qu'il ait ouvert la bouche, de Vos tint à préciser :

— Monsieur le commissaire, Jef n'a été arrêté par personne. Il était chez des amis, ignorant qu'on le recherchait. C'est moi qui l'ayant rencontré chez ces mêmes amis où j'ai eu l'idée de me rendre lui ai appris que M. Van Daële le recherchait avec un zèle tout particulier. Il a aussitôt décidé de se mettre à votre disposition après avoir embrassé sa mère et emporté un peu de linge au cas où vous jugeriez bon de le garder.

— Je ne vois guère le moyen d'agir autrement, Toone. Asseyez-vous.

Lorsqu'ils furent installés, le commissaire s'adressa à Piet :

— Bien que je ne mette pas en doute la parole de l'inspecteur de Vos, je suis obligé de vous demander confirmation de ses dires puisque c'est vous qui m'avez téléphoné?

Toone intervint vivement :

— Sur mon conseil, monsieur le commissaire, et de chez moi.

Van Daële, de fort mauvaise grâce, fit son rapport qui, apparemment, ne contredisait pas le récit de de Vos. Le commissaire en parut soulagé et Piet le constata avec amertume.

— A présent, Jef, dit de Conninck, racontez-nous exactement ce qui s'est passé.

Le jeune homme relata une nouvelle fois les événements de la veille au soir. Quand il eut terminé, de Conninck constata :

— Pour l'honneur de la police belge, je souhaite de tout cœur que vous ne soyez pas coupable, Jef, et aussi pour l'honneur de votre famille. Cependant, vous avez manqué à votre devoir en ne signalant pas tout de suite la présence d'un cadavre sur la voie publique.

De Vos souligna :

— Quelqu'un s'en est chargé, monsieur le commissaire, quelqu'un qui a tenu à conserver l'anonymat. Peut-être M. Van Daële serait-il bien inspiré d'enquêter aussi de ce côté-là car il se pourrait que l'assassin ait été l'auteur de cet appel et, que prévoyant l'arrivée toute proche de mon fils, il ait voulu lui tendre un piège!

Piet ricana :

— Nous voilà en plein roman-feuilleton!

De Conninck coupa la riposte de Toone :

— Remettez-vous-en à moi pour que toutes les pistes soient suivies et je suis convaincu que l'inspecteur Van Daële n'en négligera aucune. Vous devez comprendre, Toone, qu'il me faut d'abord m'en rapporter aux faits connus. Or, jusqu'ici, ces faits impliquent votre fils. Il avait rendez-vous avec la victime dont il était en droit de se plaindre. Les ecchymoses marquant le visage de Siska de Geest, les traces de strangulation sur son cou démontrent qu'une querelle violente a mis aux prises la jeune fille et son agresseur qu'elle devait, d'ailleurs, bien connaître et dont elle pensait ne rien avoir à redouter sans cela elle se fut sauvée ou elle eût crié. Ce personnage ainsi défini cadre bien avec Jef, vous en conviendrez?

— Avec Jef et peut-être aussi avec celui qui devait le précéder dans les jardins du Voorhavenlaan, de l'aveu même de Siska de Geest.

— Aveu que nous ne connaissons que par le témoignage de votre fils, Toone, ne l'oubliez pas. Je ne vous arrête pas, Jef. Je vous garde à ma disposition. Je ne vous inculperai que dans quarante-huit heures si aucun fait nouveau ne s'est produit d'ici là susceptible de nous éclairer. Van Daële, conduisez Jef en cellule. Dites à Isidoor que je le place sous sa responsabilité. Je regrette, Toone, je ne peux pas agir autrement.

— Je vous comprends et je vous approuve, monsieur le commissaire. Courage, petit, ton vieux père n'abandonne pas la lutte. Je suis convaincu de ton innocence d'abord parce que je te connais, ensuite parce que tu m'as donné ta parole. Ce n'est qu'un mauvais moment à passer. Dis-toi que tu paies la faute commise en perdant la tête et en négligeant de prévenir la police de ta découverte. A bientôt.

Van Daële et Jef sortis, il se fit un silence que le commissaire rompit le premier :

— Je me doute ce que peuvent être vos sentiments, Toone, mais je pense qu'à ma place, vous vous conduiriez de même?

— Sûrement, monsieur le commissaire. J'ai foi de toutes mes forces dans l'innocence de mon fils. Je vais lutter pour découvrir la vérité qui le blanchira et ce d'autant plus que s'il m'avait menti... s'il était coupable... je serais le premier à exiger son châtiment.

Sans répondre, Cyriel de Conninck lui tendit la main.

Greta guettait la sortie de Toone de Vos du bureau de police. Dès qu'elle le vit, elle se précipita vers lui :

— Alors?

L'inspecteur passa familièrement son bras sous celui de la jeune fille.

— J'ai bon espoir. Le commissaire a été très chic. Je crois qu'on parviendra à prouver que Jef dit la vérité et que, lorsqu'il est arrivé au jardin, Siska était déjà morte. Après, il n'y aura plus qu'à rechercher le coupable. Tu sais, Greta, que je suis un peu fâché contre toi? Voyons, tu es une fille raisonnable pourtant? Pourquoi n'as-tu pas démontré à Jef qu'il commettait la pire des sottises en se cachant du moment qu'il n'était pas coupable?

Étonné de son silence, Toone la regarda : ses joues étaient baignées de larmes.

— Eh bien! Eh bien! Qu'est-ce qui t'arrive?

Elle s'accrocha à lui :

— Oh! monsieur de Vos... si vous saviez...

Il commença d'avoir peur et se montra brutal :

— Si je savais quoi?

— Jef vous a menti.

Il cria presque :

— Qu'est-ce que tu chantes?

— Je... je suis allée au Voorhavenlaan... pour... pour me rendre compte si Jef et Siska se réconciliaient... J'ai surpris Jef en compagnie de Siska... De loin, je les ai vus discuter... puis il l'a prise dans ses bras... à ce moment, je me suis sauvée...

Le tumulte grondant en lui empêchait Toone d'entendre. Son fils lui avait menti...! Pour l'instant, rien d'autre ne comptait pour lui... Le misérable! Puisque Jef lui refusait sa confiance, qu'il se débrouille avec Van Daële! Il n'aurait pas la partie belle, mais de Vos ne voulait plus rien avoir à faire avec un menteur et un assassin! Greta continuait :

— C'est pourquoi quand il est venu me supplier de le cacher, je n'ai pas pu le chasser... Je n'en avais pas envie, d'ailleurs...

Sèchement, l'inspecteur remarqua :

— Tu as eu tort! Une fille bien n'héberge pas un meurtrier!

— Meurtrier ou non, il s'agissait toujours de Jef...

Toone éprouva quelque honte devant cette tendresse qui s'affirmait au-dessus de toutes les contingences, plus forte que la sienne. Elle avait raison, il s'agissait toujours de Jef. Il fallait, bien qu'il ne le méritât pas, se porter à son secours parce qu'il était Jef et qu'on ne peut oublier d'un seul coup vingt-trois années d'affection constante. De Vos prit la main de la jeune fille :

— Excuse-moi, Greta, c'est toi qui es dans le vrai... Il ne le mérite pas mais on se battra quand même pour lui!

Juste avant de tourner le coin de la rue, Toone s'entendit héler par Rik Steveniers qui commençait sa tournée matinale avec un paquet de *De Gentenaar*. Le vieux Rik ne songeait plus à plaisanter :

— J'ai appris la nouvelle, monsieur l'inspecteur. J'ai tout de suite pensé à vous... Je peux pas y croire... C'est pas vrai! C'est pas possible! On connaît Jef depuis trop longtemps, voyons!

— Hélas... mon pauvre Rik... ça ne prouve rien...

— Moi, je dis que c'est des inventions... Les gars qui écrivent des choses pareilles, je leur casserai la gueule! Votre Jef, c'est un brave garçon et celui qui prétend le contraire, je lui casse la gueule!

Ému, Toone constatait que tout le monde gardait confiance dans son fils. Avait-il le droit, lui, le père, de lui marchander cette confiance?

— J'ai plaisir à t'entendre, Rik... ça me réconforte...

— Ne vous laissez pas aller, monsieur l'inspecteur, on le tirera de là... On s'en occupera avec les copains... On trouvera qui a fait le coup...

Revigoré, de Vos repartit vers sa maison, bien décidé à ne rien révéler à Greetje de ce que lui avait confié Greta, et puis quelque chose d'indéfinissable lui assurait qu'il devait y avoir une explication susceptible de laver Jef de tout soupçon... une explication qu'il lui importait de trouver au plus tôt.

A la poignée de la porte des de Vos, on avait accroché un petit bouquet. Intrigué, Toone le prit. Au milieu des fleurs, un papier — une page de carnet — portait ces mots :

« Y a que les salauds pour se figurer que Jef est capable d'assassiner quelqu'un. Hilda Vanhuelle.»

Alors, Toone le dur, Toone que chacun redoutait, se moquant pas mal qu'on puisse ou non le voir, se mit à pleurer comme un gosse.

Ayant lu le journal, Greetje le reposa et, au lieu de l'explosion de désespoir que de Vos redoutait, elle se contenta d'affirmer :

— Ils ne connaissent pas Jef, autrement ils n'écriraient pas toutes ces bêtises...

Justine, qui lisait par-dessus l'épaule de sa sœur, ne put retenir des cris de protestation et des remarques furieuses contre les auteurs de ce qu'elle estimait être des calomnies. Greetje voulut apprendre le sort réservé à son garçon. Toone lui rapporta la scène du bureau de police, insista sur l'amitié compréhensive de Cyriel de Conninck et sur la nécessité où il se trouvait de découvrir le meurtrier de Siska dans les quarante-huit heures pour que son fils ne soit pas inculpé de meurtre. Loin de s'inquiéter, Greetje parut soulagée.

— Je suis tranquille, Toone, tu ne mettras pas deux jours pour dénicher l'assassin!

Cette foi aveugle le gênait. Quelle responsabilité! Pourtant, afin de la ménager, il assura sa femme qu'il réussirait et ramènerait Jef à la maison. Sans doute trop fatiguée par sa nuit blanche, elle ne se rendit pas compte que la voix de son mari sonnait faux. La gorge serrée, Toone pensait que l'assassin, il le connaissait déjà si Greta disait la vérité... et pour quelles raisons mentirait-elle puisqu'elle aimait Jef? Justine, d'humeur batailleuse, proposa de demander à Edmond de prendre un congé afin d'aider son beau-frère. De quelle aide pourrait bien lui être ce pauvre Maes qu'un rien effrayait! Néanmoins, pour renforcer l'unité de la famille, Toone accepta la proposition.

Le Muide ressemblait à une ruche bourdonnante. L'émotion causée par le crime s'avérait considérable.

Cela faisait bien longtemps — si longtemps que la plupart des gens ne se le rappelait pas — qu'un pareil drame n'avait ensanglanté le quartier. Les femmes se pressaient dans la Matrozenstraat pour tenter de voir Tanalla, la mère de Siska. Si quelques-unes n'étaient poussées que par la curiosité, le plus grand nombre voulait dire à la mercière la part prise à son grand malheur. Tout de suite, l'opinion se scinda en deux clans résolus : les partisans de Jef et ses adversaires. A dire vrai, la personnalité du jeune homme ne servait que de prétexte. On s'affrontait pour ou contre les de Vos. Les premiers voyaient grossir leurs rangs de minute en minute, à mesure que les gens sortaient de leur maison pour vaquer à leurs occupations quotidiennes. Les seconds suppléaient à la minceur de leurs effectifs par une hargne sans repos. Les Mooring, les Baeyens, Poelman s'affirmaient les meneurs acharnés qui réclamaient une prompte justice à l'égard de Jef de Vos. On devinait l'incident prêt à éclater et ces Flamands, si lents à se mettre en action, en étaient parvenus à un degré d'exaspération qui pouvait les pousser à se prendre à la gorge d'un instant à l'autre. Cyriel de Conninck, prévenu, expédia tout le personnel dont il disposait pour surveiller les agités. Au plus fort de la tension, Anneke Pellaers envoya sa fille chercher des œufs, de l'autre côté de la rue, chez les Mooring. En entrant dans le magasin où l'on jacassait ferme, Greta se heurta à Malvina Mooring, la demoiselle de la maison que l'actualité promouvait au rang d'héroïne. D'avoir vu son nom dans les journaux, d'être désignée comme témoin principal grisait un peu l'héritière des marchands de beurre, œufs et fromages. Depuis l'ouverture, elle ne cessait de répondre aux questions des habituées et

Mooring constatait avec satisfaction que des clientes se présentaient qui n'étaient encore jamais venues se servir chez lui. Joos s'avouait fier de sa fille. Sa femme, Prudence, installée à la caisse, rayonnait. Pour plaire aux curieuses, Malvina en rajoutait. Greta l'entendit expliquer qu'à son avis, d'après ses confidences, Siska semblait beaucoup redouter sa rencontre avec Jef de Vos.

— Tu es une menteuse, Malvina!

Cette remarque lancée à haute voix pétrifia un court instant l'auditoire et la narratrice. Cette dernière reprit la première ses esprits.

— Ah! c'est toi, Greta...? Tu es donc toujours amoureuse à ce que je vois? Et amoureuse d'un assassin? Dis donc, c'est peut-être pour t'épouser que Jef a tué Siska?

— Tu es ignoble, Malvina!

L'assistance s'écarta pour laisser les deux rivales en face l'une de l'autre.

— Ignoble? Et ton Jef, il l'est peut-être pas ignoble, lui? T'as lu ce qu'ils ont écrit dans le journal? Avant de l'assassiner, il lui a flanqué des coups de poing sur la figure et essayé de l'étrangler? Mais sans doute que, pour toi, c'est des bonnes manières, ça?

Émues par ces détails qui les scandalisaient, les femmes se rangeaient du côté de Malvina. Greta sentit la partie perdue. En larmes, elle cria :

— Ce sont des mensonges! C'est pas Jef qui a tué Siska!

— Qu'en sais-tu?

— Il l'aimait...

— Mince d'amour! Eh bien! tu as échappé à une drôle d'existence, Greta... Si Jef t'avait écoutée, ça serait peut-être toi qui serais à la morgue à cette heure, hein? Tu devrais te montrer rudement contente qu'il t'ait préféré Siska!

Étouffée par la honte et les larmes, Greta ne pouvait plus répondre. Malvina en profita pour achever sa victoire.

— Tu n'auras pas eu de chance, ma pauvre Greta... D'abord Siska qui te chipe ton Jef et maintenant les policiers... Si tu veux mon avis, tu risques de rester vieille fille!

Joos Mooring, certain du triomphe de sa fille, intervint :

— Ça suffit, Malvina... et toi, Greta, ne viens pas créer du scandale chez moi...! Les assassins et leurs parents ou leurs amis, c'est pas ma clientèle!

Anneke Pellaers passait pour une femme paisible qui ne sortait de son caractère que lorsqu'on s'en prenait aux siens. En apprenant par Greta, secouée de sanglots, ce qui s'était passé chez les Mooring, elle fonça. Son entrée fit sensation. Elle marcha directement sur Malvina :

— Paraît que t'as insulté ma petite, espèce de traînée?

L'attaque brutale déconcerta la demoiselle et les clientes sentant que la victoire pouvait changer de camp se cantonnèrent dans une expectative prudente. Malvina, quoique inquiète, voulut crâner :

— Ce n'est pas ma faute si elle défend un assassin! Ce qui lui arrive, elle l'a bien cherché!

— Et ça, tu l'as pas cherché, des fois?

Une maîtresse paire de gifles secoua Malvina qui s'en alla buter contre la caisse où trônait sa mère. Celle-ci se mit à hurler et pendant que sa fille essayait de revenir à une plus claire notion des choses, Joos vola à son secours. Mais, enhardies par ce retournement de situation, les clientes qui tenaient pour les de Vos soutinrent Anneke Pellaers et Mooring se trouva en face d'une assistance qui, dans son ensemble, se montrait hostile à son égard. La colère l'empoigna :

— Je porterai plainte contre vous, Anneke Pellaers! C'est honteux ce que vous avez fait!

— Et votre garce de fille, c'est pas honteux ce qu'elle fait?

— Elle dit la vérité!

— La vérité! C'est qu'elle vaut pas mieux que ne valait son amie Siska!

— Tout le monde ne peut pas fréquenter des meurtriers comme votre fille!

— Vous parlez... vous parlez, Joos Mooring, parce que vous savez que pour l'instant vous ne craignez rien, mais on verra votre tête lorsque Jef de Vos vous demandera compte de vos insultes et de vos calomnies!

Cette perspective, pas tellement rassurante, refréna un peu l'ardeur du marchand. Sous les regards des femmes qui l'épiaient, Joos ne pouvait pas s'avouer vaincu.

— Les de Vos... les de Vos... Mais qu'est-ce qu'ils se croient donc, ceux-là?

— Demandez-le donc à Toone de Vos qui vous écoute depuis un bon moment?

Un silence pesant s'abattit comme par enchantement sur l'assistance. Joos avala péniblement sa salive en découvrant Toone qui le regardait. Il bafouilla :

— Ins... inspecteur... je...

— Je désirerais parler à votre fille, Mooring.

Incapable de réagir, Joos se tourna vers Malvina qui glapit :

— Qu'on me fiche la paix! Je ne veux parler à personne!

Elle fit, du coup, l'unanimité contre elle et on commença à la critiquer presque à voix haute. De Vos insista :

— Aurais-tu peur, Malvina?

— Peur? Et de quoi j'aurais peur?

— Je ne sais pas... De moi, peut-être?

— De vous?...... Ah! là, là!

— Alors, bavardons tranquillement tous les deux?

Elle hésita, puis relevant le défi publiquement adressé :

— C'est bon... si ça vous amuse de perdre votre temps...

Malvina gagna l'arrière-boutique où Toone la suivit, refermant la porte sur toutes les clientes qui haletaient de curiosité.

— Malvina, tu n'as rien contre Jef, n'est-ce pas?

— Je m'en fiche de votre fils!

— Donc, tu n'as pas de raison de souhaiter qu'il paie pour un autre?

— Qu'est-ce que ça veut dire?

— Je tiens à être certain que c'est bien lui qui a tué Siska.

— Mais, c'est lui!

— Tu l'as vu?

— Non... je ne l'ai pas vu, évidemment... mais Siska m'a quittée à la sortie du cinéma pour le rejoindre.

— Je sais... Tu la connaissais bien, Siska?

— C'était ma meilleure amie.

— Parle-moi un peu d'elle?

— Qu'est-ce que vous voulez que je vous raconte?

— Elle avait du talent comme chanteuse?

— Du talent, c'est beaucoup dire... Elle avait gagné un crochet d'amateurs, bien sûr... mais, sans être mauvaise langue, on doit reconnaître que ce soir-là n'importe qui, ayant un peu d'oreille, aurait eu la même chance... Siska, ça l'avait grisée un brin... Et puis, vous savez ce que c'est, y a toujours des gens pour vous monter la tête... pour vous assurer que vous deviendrez une artiste avec de gros cachets...

— Elle le croyait, Siska?

— Non, pas au fond... mais ça l'amusait de faire semblant d'y croire... Sauf que le jour où on lui a offert un engagement... elle s'est imaginé que ça y était... mais tout de même, pas complètement... C'est à cette époque qu'elle a laissé tomber votre fils... C'est normal, hein? Une vedette ne peut pas épouser un simple flic... Elle en a eu de la peine, je vous le jure, parce qu'elle y tenait à Jef... seulement, une carrière, c'est grave...

— Évidemment.

— Et puis, comme elle n'était pas bête, Siska a vite compris que le gars la menait en bateau...

— Quel gars, Malvina?

— Je ne suis pas au courant.

A son ton, Toone fut convaincu qu'elle mentait, mais il ne crut pas de bonne politique de l'attaquer de front.

— Dommage... Elle t'a dit son intention de renouer avec Jef?

— Oui.

— Alors, pourquoi l'aurait-il tuée?

— Il s'est peut-être mis en colère?

— Il faut être rudement en colère pour taper sur une femme d'abord, et l'assommer ensuite...

— Les hommes...

A la manière dont elle prononça le mot, on comprenait que Mlle Mooring nourrissait une piètre opinion du sexe fort et qu'elle croyait ce dernier capable de tout. De Vos changea de tactique :

— Te souviens-tu si Siska connaissait Anne-Marieken Demaeght, Leontinje Eygel et Clara de Boukelaer?

— Celles qui sont parties?

— Oui.

— Elles n'étaient pas plus ses amies que les miennes. On se voyait de temps en temps...

— Qui leur a conseillé de partir?

— Elles ne me l'ont pas confié.

Malvina se tenait manifestement sur ses gardes. Si elle était au courant de quelque chose, ce ne serait pas commode de le lui arracher.

— Est-ce que Siska ne devait voir que Jef, hier soir.

— Je ne comprends pas?

— Au téléphone, elle avait annoncé à mon fils que, avant lui, elle rencontrerait quelqu'un dont elle se méfiait, vraisemblablement celui qui lui montait le cou à propos de sa carrière dans le tour de chant... Tu ne vois toujours pas de qui il pourrait s'agir?

— Non.

Elle avait répondu trop vite.

— Et Deeske Poelman?

Trop vivement encore, Malvina répliqua :

— Il n'a rien à voir dans l'affaire!

— En es-tu sûre?

Elle eut un rire méprisant :

— Ce n'est rien, Deeske... Il n'est bon que pour obéir!

— A qui?

La jeune fille devina qu'elle s'enferrait.

— Écoutez, monsieur de Vos, je vous ai appris tout ce que je pouvais; maintenant, vous devez me laisser tranquille!

— A ton aise, Malvina... mais Jef n'avait aucune animosité contre toi, au contraire... Je l'ai entendu expliquer à sa mère que tu étais la personne la plus élégante du Muide et qu'à Gand, même sur le Kornmarkt, on n'en rencontrait pas beaucoup qui avaient ton allure...

Flattée, Malvina gonfla sa poitrine et passa la main dans ses cheveux, derrière l'oreille, ainsi qu'elle l'avait vu faire aux séductrices de l'écran.

— Monsieur de Vos... lorsque vous verrez Jef... dites-lui que je lui souhaite de s'en tirer.

— D'accord, mon petit, mais je pense que si tu consentais vraiment à m'aider...

— Au revoir, monsieur de Vos.

Toone entendit claquer ses talons dans l'escalier menant à sa chambre.

Loder Baeyens transvasait des fonds de bouteilles lorsque de Vos se présenta. Il ne put s'empêcher de remarquer haineusement :

— Une sale histoire pour votre fils, pas vrai, monsieur l'inspecteur, et... pour vous, par ricochet?

— Qui peut savoir?

— Pourtant, les journaux...

— Vous ne croyez tout de même pas ce qu'il y a dans les journaux Baeyens? Ça m'étonnerait de vous... Poelman n'est pas là?

— Encore après lui, à ce que je comprends?

— Vous ne m'avez pas répondu?

— Non, il est pas là.

Toujours aussi avachie, Philipinna la servante, passa portant un plateau chargé de verres.

— Vous n'avez pas une idée de l'endroit où je pourrais le rencontrer?

— Non.

— Merci quand même.

— Y a pas de quoi!... Philipinna, ouvre donc la fenêtre... ça sent une drôle d'odeur... une odeur de poulailler...

De Vos serra les poings dans ses poches.

Sans le témoignage de Greta, Toone aurait été convaincu que Deeske s'affirmait l'homme qu'il cherchait. Ce voyou se révélait bien capable de servir d'intermédiaire pour expédier les demoiselles imprudentes et un peu sottes vers l'Amérique du Sud et cela lui ressemblait assez, lâche comme il l'était, de frapper une fille. Par contre, le crime ne cadrait pas avec sa personnalité falote, mais Siska voulait-elle peut-être le dénoncer? Dans ce cas, il aurait pu perdre la tête et se livrer à ce qu'il n'aurait jamais osé de sang-froid... Seulement, Greta avait vu Jef parlant à Siska...

D'abord, Goedele refusa de le laisser entrer, mais Toone l'intimidait et lorsqu'il l'écarta pour pénétrer chez elle, elle s'inclina.

— Où est Deeske?

— Je ne sais pas.

— Ennuyeux, ça... Il va falloir que je le fasse rechercher par la police.

— Pourquoi?

— A cause de ce meurtre du Voorhavenlaan.

— Mais je pensais que...

— ... Que mon fils était le coupable? Ce n'est

pas prouvé... Deeske se trouvait là-bas, hier soir, je l'ai vu.

— Ce n'est pas vrai!

— Si, c'est vrai, ma pauvre Goedele... et puis, quoi, ce n'est pas à vous que j'apprendrai que votre frère est une crapule?

Elle s'effondra.

— C'est un faible... un paresseux... mais il n'est pas méchant... Je vous jure qu'il n'est pas méchant...

— Jef non plus n'est pas méchant et, pourtant, vous acceptez bien qu'il soit un assassin?

— Deeske n'aurait pas le courage... Il doit falloir du courage pour tuer... Il aurait trop peur... Laissez-le tranquille, monsieur l'inspecteur, je vous en supplie!

— J'ai cependant l'impression que ce serait vous rendre un fier service que de vous en débarrasser pour longtemps.

— C'est mon frère...

— Mauvaise raison.

— Sans lui, je resterais seule...

Si grise, si terne, elle lui inspirait de la pitié.

— C'est bête la vie, Goedele... Nous sommes malheureux vous et moi sans être responsables de quoi que ce soit et je crains bien que nous ne puissions espérer un soulagement qu'en infligeant une misère plus grande à l'autre...

Hilda Vanhuelle, déjà installée, vendait ses pommes de terre frites. Toone la remercia pour le bouquet déposé à sa porte.

— Bah! si on ne se serrait pas les coudes quand on est dans les ennuis, à quoi ça servirait l'amitié? Et puis, vous savez, tous ceux à qui j'ai causé, ils sont avec vous... Ils acceptent pas que Jef soit un criminel... Cette Siska, elle aura fait du mal même après sa mort! C'est comme Greta Pellaers, elle a pas de chance non plus : la disparition de Siska, ça l'arrangeait bien, et voilà qu'on lui enlève son Jef... Elle est pas plus avancée qu'avant, la pauvre...

— Ah! le voilà!

Deeske Poelman se précipitait vers de Vos, mais un Deeske visiblement hors de lui.

— Vous allez lui ficher la paix à Goedele, dites? Qu'est-ce qui vous permet de venir embêter les gens chez eux? Vous trouvez que votre salaud de fils n'a pas assez causé de mal comme ça, il faut encore que vous vous y mettiez?

Les badauds se rassemblaient, écoutant sans prendre parti. Poelman ne se connaissait plus. Il hurlait. Toone remarqua :

— Celui qui a assommé Siska de Geest devait être aussi en colère que tu l'es maintenant, Poelman...

— Ça y est! Vous l'avez entendu! Il m'accuse d'être un assassin!

Hilda Vanhuelle protesta :

— Tu serais pas soûl, des fois, Deeske? J'ai pas compris que l'inspecteur te traitait d'assassin?

— Ça m'étonne pas que vous soyez d'accord avec lui!

La marchande de frites vint mettre son visage tout près de celui du garçon et, menaçante :

— Ça veut dire quoi ce que tu racontes, Deeske?

Poelman battit en retraite.

— C'est pas après vous que j'en ai...

— Et tu fais aussi bien!

De Vos s'approcha à son tour.

— Et maintenant file ou tu vas prendre mon poing sur la gueule et ce ne sera pas long!

Piet Van Daële surgit à cet instant précis.

— Je ne vous le conseille pas, de Vos.

— Je me demandais quand vous vous décideriez à apparaître, monsieur Van Daële... votre ami Poelman étant là, vous ne pouviez être loin.

Conscient de l'importance de ce renfort, Deeske entendit reprendre la querelle mais Piet lui intima rageusement :

— Fous le camp! Et vous autres, qu'est-ce que vous attendez?

L'assistance se dispersa à regret tandis que Poelman filait en grommelant que les flics, même quand ils ne peuvent pas se sentir, se mettent toujours d'accord sur le dos des innocents.

CHAPITRE IV

Edmond, venu apporter du linge de rechange à sa femme, partageait le déjeuner des de Vos. Le repas ne fut pas bien animé. Greetje semblait absente. On s'appliqua à ne point lui parler, sachant qu'elle se trouvait là-bas, à l'Houtdoklaan, près de son fils. Toone, préoccupé, soucieux, ne se montra pas davantage un maître de maison attentif à ses hôtes. Ayant fait le récit de son activité de la matinée, il retourna à ses pensées particulières. Pour lui, tout le problème résidait en ceci : Jef mentait-il ou non lorsqu'il affirmait n'avoir pas vu Siska vivante? Mais s'il disait la vérité, il fallait obligatoirement que Greta mentît. De Vos ne croyait pas la jeune fille capable d'une telle lâcheté, surtout en un pareil moment. Et puis, pour quelles raisons accablerait-elle le garçon qu'elle aimait? Partagé entre le désir d'ajouter foi à la parole de son fils et l'impossibilité de douter du récit de la petite Pellaers, Toone s'irritait de ne pouvoir se décider. Évidemment, le mensonge de Jef — en supposant qu'il mente — s'expliquerait par la peur tandis que du côté de Greta, il n'y avait pas d'explication. Pourtant, la réflexion d'Hilda Vanhuelle sur la malchance de Greta qui, débarrassée de Siska, perdait encore Jef, tarabustait son esprit sans qu'il réussisse à en tirer une conclusion positive.

Les autres demeurant silencieux, Justine poursuivit un long monologue. Elle commenta les plats servis et qu'elle allait chercher elle-même à la cuisine pour ne pas déranger sa sœur. En la regardant, Toone se demandait comment elle s'y prenait pour ne pas laisser traîner dans les sauces ses bracelets, colliers, pendeloques et sautoirs. Mais Justine possédait une longue habitude. Elle s'indigna avec véhémence contre les Mooring qui, à son avis, eussent été bien inspirés de se taire. Elle refit, pour elle seule, l'historique de la famille Mooring et pour chacune des générations passées, elle dénonça un malhonnête homme ou une femme de moralité douteuse. Elle rappela que, pendant la guerre, les Mooring s'étaient conduits de façon ignoble, s'enrichissant de la misère commune en pratiquant un marché noir éhonté. Elle ajouta qu'elle ne comprenait d'ailleurs pas qu'à la libération de la Belgique, ils n'aient pas subi le châtiment de leur comportement sous l'occupation. On ne lui répondait pas, mais elle n'avait nul besoin qu'on lui réponde pour continuer à parler.

Edmond mangea sans prononcer un mot. On était fait à son mutisme qui durait depuis des années. Personne ne savait s'il se taisait par goût ou parce que sa femme lui laissait rarement la parole. Pourtant, surprenant les autres convives, au dessert, il mit les coudes sur la table et annonça :

— Si je peux donner mon avis, il y a quelque chose qui me chiffonne...

L'inspecteur regarda curieusement son beau-frère. Enhardi par le silence attentif qui suivait sa déclaration, Maes poursuivit :

— Par quel miracle, Piet Van Daële se trouve-t-il toujours là lorsque Toone s'en prend à Poelman?

Faisant tomber d'un revers de main les miettes accrochées à son gilet, de Vos répliqua :

— Il me déteste et il est convaincu de la culpabilité de Jef. Il est, d'ailleurs, persuadé que je suis prêt à accuser n'importe qui et plus spécialement Deeske pour tenter d'innocenter mon fils.

— Tout de même, ça n'explique pas sa présence constante dans les parages de Poelman...?

— Je sais bien... C'est encore un des aspects incompréhensibles de cette affaire.

— Si j'étais toi, Toone, je chercherais de ce côté.

— Van Daële a beau ne pas m'être sympathique, je le connais depuis assez longtemps pour refuser de croire qu'il puisse commettre une action répréhensible.

— Souvent, on s'imagine n'avoir plus rien à apprendre sur les gens qui vous sont familiers, et puis, un beau jour...

Edmond se tut, donnant l'impression de regretter d'en avoir trop dit. Sitôt le café servi, Greetje se leva et gagna sa chambre. Cela lui ressemblait si peu de laisser aux autres le soin de débarrasser la table et de laver la vaisselle qu'ils en furent tous désagréablement impressionnés. Toone attendit que sa femme ait disparu pour répondre à son beau-frère :

— Il faut prendre garde à ne pas examiner l'événement sous notre optique personnelle, Edmond, et de les obliger à ressembler à ce que nous voudrions qu'ils soient. Pour l'heure, les faits connus se résument à peu de choses, je veux dire les faits matériellement démontrés, prouvés, constatés. Une fille ayant rendez-vous avec Jef est assassinée à l'heure et à l'endroit de ce rendez-vous et mon fils reconnaît s'y être rendu. C'est tout. Dans ces conditions, l'attitude de Van Daële, policier sans génie mais appliqué, se comprend fort bien. J'admets que sa jalousie professionnelle le pousse à se cramponner avec peut-être plus d'acharnement qu'il ne conviendrait à sa thèse corroborée, je le répète, par l'enquête. De notre côté, qu'avons-nous comme arguments? Notre affection pour Jef qui nous interdit de le croire coupable d'un meurtre, le bon sens s'insurgeant à l'idée qu'il ait tué une fille qu'il aimait, enfin la présence de Deeske Poelman sur les lieux et à l'heure du crime...

Edmond sursauta :

— Il était là? Tu es sûr?

— Presque... Évidemment, je ne pourrais pas l'affirmer sous serment, mais je suis à peu près certain de l'avoir reconnu et, quand je l'ai appelé, il s'est sauvé.

— Van Daële est au courant?

— C'est possible car il doit m'avoir entendu lorsque je l'ai dit à Poelman.

Justine s'exclama :

— Et il ne l'a pas encore arrêté?

— A quoi bon puisqu'on ne peut pas prouver sa présence au Voorhavenlaan et que Loder Baeyens affirme qu'il ne l'a pas quitté de la soirée?

— C'est honteux!

— Et puis il y a Malvina qui serait susceptible d'apporter bien des éclaircissements, mais qui ne parlera pas.

— Pourquoi?

— Je l'ignore. Peut-être par fausse fidélité à son amie morte dont elle ne veut pas salir la mémoire par des révélations... peut-être aussi parce qu'elle a peur...

— De quoi?

— Comment le deviner?

Edmond s'enquit :

— Et vous ne pouvez pas la forcer à dire ce dont elle est au courant? Il me semble que dans la police...

— La police obéit à des règles précises, Edmond, et la torture physique ou morale n'est heureusement pas entrée dans nos mœurs.

Maes se referma dans sa coquille, but son café et prit congé pour retourner à son bureau, son beau-frère ayant finalement décliné son offre d'arrêter quelque temps son travail pour l'assister. Quand Justine en eut terminé avec la vaisselle, elle annonça à Toone qu'elle s'absentait une couple d'heures afin de se rendre chez le coiffeur, mais qu'elle serait de retour pour le goûter. Ne voulant pas laisser Greetje seule, de Vos s'installa dans la petite pièce donnant sur l'entrée et qui lui servait de bureau. Assis sur son fauteuil tournant, il repassait les éléments de l'affaire mais butait toujours sur le même obstacle : qui, de Jef ou de Greta, mentait?

Il y avait pas mal de temps que Justine était sortie lorsqu'un coup de sonnette très discret l'arracha à ses réflexions. Il alla ouvrir et se trouva en présence de Rik Steveniers et d'un autre homme, aussi misérable extérieurement que le marchand de journaux.

— Excusez-moi de vous déranger, monsieur l'inspecteur, mais nous avons des nouvelles pour vous.

— Entrez...

Tous trois gagnèrent le bureau de de Vos, où ils prirent place tant bien que mal.

— Je t'écoute, Rik?

— Voilà, monsieur l'inspecteur... Vous savez que je vous ai dit que j'alerterais mes copains pour votre fils... Eh bien! je vous présente Joris Claeskens, un garçon qui a eu pas mal d'ennuis avec la police...

Ce Joris intervint d'une voix ironique :

— Mais je me suis rangé depuis...

— Vraiment? Qu'est-ce que vous faites?

— Rien... monsieur l'inspecteur, j'avais un métier... Je m'occupais de commerce... Je vendais un peu de tout... Je réparais, je bricolais... J'ai payé mes goûts personnels d'une douzaine d'années de prison... en plusieurs fois...

— Receleur, si je comprends bien?

— Un bien vilain mot, monsieur l'inspecteur, pour une profession qui, pour n'être pas reconnue, n'en a pas moins son charme... Alors, comme je ne tiens pas à retourner en prison, dont le régime ne me convient pas, je vis aux crochets de la société... Comme ça, je n'ai pas d'histoire avec vos collègues.

— Est-il indiscret de vous demander de quoi vous vivez?

— Je donne un coup de main aux gens qui en ont besoin. Dans les docks. Oh! pas souvent... le moins possible. En vérité, je ne travaille que juste ce qu'il faut pour ne pas être accusé de vagabondage... Seulement, j'ai la paix.

— Et vous êtes venu me voir pour quoi?

Rik intervint :

— Explique à monsieur l'inspecteur ce que tu as vu hier soir, Joris?

— Je me trouvais au Voorhavenlaan, sur les dix heures...

Toone frémit, souhaitant que la Providence lui envoyât le témoin miraculeux...

— ... Dans le jardin, il y a un banc qui me sert souvent de lit quand je suis fauché et, justement, je serais plutôt en période de chômage ces temps...

Bref, je m'apprêtais à m'étendre pour la nuit quand voilà une fille qui s'amène... C'est son parfum qui m'a mis la puce à l'oreille... Je me suis dit que si cette petite usait d'un pareil parfum, c'était sûrement qu'elle attendait son bien-aimé et que, moi, j'avais plus qu'à me tirer... Faut vous expliquer, monsieur l'inspecteur, que les amoureux, moi, je les respecte... Je les envie, mais je les respecte... des innocents, quoi... Ils croient à leurs salades...

— Vous pourriez décrire cette fille?

Joris se lança dans une description démontrant que s'il respectait les amoureux, il témoignait de moins de discrétion quand il s'agissait d'amoureuses esseulées. Toone reconnut parfaitement Siska de Geest.

— Continuez...

— Vous voyez où il est ce banc du Voorhavenlaan, monsieur l'inspecteur?

— Oui, oui, allez...

— Entre le grillage qui longe le quai et le banc, il y a un bosquet d'arbres... Je me suis glissé là-dedans, espérant que le gars emmènerait sa petite amie, mais j'en suis resté soufflé quand une autre demoiselle a rappliqué, plus grande et plus costaude que la première...

De Vos s'exclama :

— Il ne s'agissait pas d'un homme?

— A moins qu'il ait porté une jupe, des souliers à talons et qu'il ait pris une voix de femme... c'était sûrement pas un homme!

Rik Steveniers jubilait :

— Hein! monsieur l'inspecteur, j'avais bien raison de penser que ça vous intéresserait?

De Vos lui fit signe de se taire car, pour lui, tout devait se jouer dans les quelques secondes qui suivraient. Du geste, il encouragea Joris à poursuivre :

— Bon... alors, la grande fille, elle commence à t'engueuler l'autre que c'était pas croyable, je vous jure! La petite, bien sûr, elle voulait répliquer, mais la costaude, elle lui en laissait pas placer une... J'ai cru tout de bon qu'elles finiraient par se crêper le chignon.

— Elles se sont battues?

— Ça, monsieur l'inspecteur, franchement, j'en sais rien, parce que quand je me suis rendu compte que ça tournait au vinaigre, je me suis débiné... Des fois que les flics seraient venus mettre leur nez dans l'histoire, c'est encore moi qu'aurais pris, hein?

Le policier eut un soupir de désappointement. Il avait trop espéré. Néanmoins, le témoignage de Joris Claeskens devrait servir.

— A qui ressemblait la seconde fille?

Toone posait la question par acquit de conscience. Il savait qu'il s'agissait de Greta. Joris en donna le signalement en quelques traits. Maintenant, la présence de ces deux hommes pesait au policier. Il désirait être seul afin de reprendre le puzzle dont il lui fallait triompher pour sauver son fils. Il sortit son portefeuille. Rik protesta, mais Toone tint absolument à leur remettre à chacun un billet de cinquante francs pour boire à la santé de Jef et, les reconduisant, il leur demanda de continuer à enquêter discrètement.

Rendu à sa solitude, de Vos s'appliqua à faire le point. Greta ne mentait peut-être pas, mais déjà il apparaissait certain qu'elle ne disait pas toute la vérité. Malgré lui, il réentendait la voix d'Hilda Vanhuelle : « C'est comme Greta Pellaers, elle a pas de chance non plus : la disparition de Siska, ça l'arrangeait bien, et voilà qu'on lui enlève son

Jef... » Mais Greta avait-elle prévu qu'on lui enlèverait Jef? Bien qu'il lui répugnât de penser à Greta comme à une meurtrière possible — la jalousie pousse les plus douces à d'étranges excès — de Vos n'acceptait pas l'hypothèse d'une Greta prise de peur et laissant accuser Jef à sa place. Se serait-il, alors, trompé sur son compte? En tout cas, il s'affirmait urgent d'avoir un entretien avec la jeune fille et l'inspecteur rongea son frein en guettant le retour de Justine.

Justine Maes entra dans un relent épais de senteurs agressives. Elle tenait son chapeau à la main, pour ne pas abîmer les bouclettes la faisant ressembler à un mouton caracul. Toone poussa un long sifflement que sa belle-sœur interpréta dans le sens de l'admiration. Elle en rosit de plaisir et minauda :

— Je n'ai pas été trop longue?

— Pour le travail fourni, certainement pas! Sois gentille de voir si Greetje a besoin de quelque chose, moi, il faut que je me sauve.

Au fur et à mesure qu'il approchait de l'épicerie Pellaers, de Vos ralentissait le pas. Si jamais Greta se révélait coupable, quel coup pour Anneke et Karel!... Bien que résolu à tout tenter pour sauver son fils, l'inspecteur s'effrayait de la responsabilité qu'il assumait en venant peut-être bouleverser à jamais un foyer tranquille. Brusquement, il se sentait las. Lui, jusqu'ici si fier de sa jeunesse physique, de sa force tranquille, de son autorité indiscutée, il perdait pied. Il se reconnaissait vieux. S'en apercevoir aussi brutalement, sans que rien ne l'ait préparé à cette constatation, le désorientait.

Il passa devant l'épicerie sans s'arrêter, descendit

le Muidepoort, franchit le pont et s'en fut « à l'étranger » boire un verre de bière dans le premier estaminet rencontré, non pas qu'il eût soif, mais par besoin de se reprendre, de comprendre ce qui lui arrivait.

A travers la fenêtre aux vitres embuées du petit café, Toone apercevait l'amorce de l'Houtdoklaan où Jef se morfondait. Une confuse tendresse amollissait le cœur du policier en contemplant son quartier avançant ses quais de l'Houtdoklaan et du Terneuzenlaan comme une proue de navire. Au-delà de cette fragile barrière d'eau que le pont rendait inutile, se trouvait tout ce qu'il aimait au monde, tout ce qu'il risquait de perdre d'un moment à l'autre. Pour la première fois de son existence, cet homme, qu'un bonheur simple avait rendu heureux, se rendait compte que la vie est impitoyable, même pour ceux qui s'imaginent à l'abri de ses attaques. Jusqu'à la nuit dernière, Toone pouvait s'illusionner et se croire intouchable. Une femme qu'il aimait et qui l'aimait, un fils dont il était fier, des amis aux affections solides, tout cela venait de craquer en quelques heures. Jef se morfondait en prison, Greetje enfermée dans sa chambre avec sa peine et, pour sauver où Jef se morfondait. Une confuse tendresse amollislaers, des amis de longue date. Désormais, plus rien ne serait comme avant.

S'arrachant à ses pensées moroses, de Vos s'ébroua, paya son verre et, franchissant de nouveau le pont, rentra dans « son » pays.

Karel, qui pesait des sacs de riz, reçut Toone avec sécheresse.

— Vous n'allez pas encore ennuyer la petite, au moins?

— Ne m'en veuillez pas, Karel, mais je dois lui parler.

Anneke, occupée à empiler des boîtes de sardines dans l'arrière-boutique, se montra.

— De Vos, nous avons toujours été amis et même, un moment, j'ai pensé que, grâce à nos enfants, nous pourrions être plus que ça...

— Nous le souhaitions aussi, Greetje et moi.

— Justement, vous aviez de l'estime pour nous et notre Greta... Les choses ne se sont pas arrangées, votre fils a préféré regarder ailleurs, chacun est libre... Mais ce n'est pas une raison maintenant pour harceler notre fille... Votre garçon s'est fourré dans une vilaine histoire, on vous plaint de tout cœur, mais Greta n'a rien à voir là-dedans!

— En êtes-vous certaine?

Anneke et Karel le regardèrent avec étonnement, tandis que Toone ajoutait doucement :

— C'est pour en être moi-même convaincu qu'il me faut parler avec Greta.

Mme Pellaers réagit la première :

— Vous essayez de compromettre notre fille pour tenter de sauver votre fils, n'est-ce pas?

— Vous m'en croyez capable, Anneke?

Elle hésita, puis convint :

— Non... et c'est pour ça que je ne comprends pas.

Son mari protesta :

— En tout cas, on n'embêtera plus Greta aussi bien vous que les autres, de Vos! Enfin, si vous aviez une fille, vous penseriez à sa réputation, non?

— Naturellement.

— Alors? Moi, je vous avertis, Toone de Vos, si ça continue de cette façon, Greta bouclera sa valise et filera chez sa tante Meulemans, à Rijkvorsel!

— Si on la laisse partir...
— Et qui donc l'en empêcherait?
— La police.
Incrédules, ils le contemplèrent un moment, puis Karel demanda :
— Vous parlez sérieusement?
— Imaginez-vous que j'userais de ce genre de plaisanterie?
Il vit très nettement la peur monter dans leurs yeux. Anneke dit à voix très basse :
— Qu'est-ce qu'elle a donc fait?
— Je ne le sais pas encore... Je ne sais même pas si elle a commis quelque chose de répréhensible. C'est pour m'en assurer que je suis ici.
Ils parurent soulagés et se reprendre. Karel trancha :
— Bon, puisqu'il en est ainsi, vous lui parlerez, mais en notre présence!
— Il serait pourtant préférable que...
— Non! A prendre ou à laisser!
— Je prends.
Sur un signe de son mari, Anneke s'approcha de l'escalier intérieur qui montait vers les étages en spirales étroites, se pencha sur la rampe et, levant la tête, cria :
— Greta?
D'en haut, la voix de la jeune fille leur parvint :
— Oui?...
— Tu peux descendre?
— Qu'est-ce que c'est?
— Il y a quelqu'un qui désire te voir.
— J'arrive!
Karel ôta le bec de cane de la porte et commenta :
— Qu'on soit tranquille pour un moment.

En apercevant de Vos, Greta s'arrêta sur une marche de l'escalier. Espérant la rassurer ou, du moins, ne pas éveiller sa méfiance, l'inspecteur annonça :

— Ce n'est que moi, Greta.

— Il y a du nouveau pour Jef?

— Peut-être...

Ils gagnèrent l'arrière-boutique.

— Greta, tes parents ont tenu à assister à notre entretien. Ils craignent que j'essaie de te compromettre dans le but de secourir mon fils... C'est pourquoi, je te prie de me répéter devant eux ce que tu m'as confié ce matin.

— A quel propos?

— A propos de ta présence sur les lieux du crime.

Anneke poussa un gémissement d'épouvante et Karel écrasa un juron entre ses dents.

— Je ne vous apprends rien, ni aux uns, ni aux autres, en vous disant que j'aime Jef et que j'ai beaucoup souffert quand il s'est intéressé à Siska...

Mme Pellaers souligna que les hommes étaient aveugles et ne comprenaient jamais où se trouvait leur véritable bonheur. Son mari lui intima brutalement l'ordre de se taire et leur fille poursuivit :

— ... Chez les de Vos, j'avais entendu Jef se réjouir de son rendez-vous avec Siska... Malgré tout, j'espérais qu'ils ne se réconcilieraient pas... Je suis arrivée là-bas avant eux, j'ai surveillé Siska et je suis partie lorsque j'ai aperçu Jef...

— Et tu n'as parlé à aucun des deux?

— Sûrement pas, monsieur de Vos!

— Je suis navré de dire cela devant tes parents, Greta, mais... tu mens.

La jeune fille s'écria :

— Comment?

Karel ferma les poings.

— Faites attention, Toone de Vos!

Sans s'émouvoir, l'inspecteur répéta :

— Tu mens, Greta, et je voudrais bien deviner pourquoi?

— Mais qu'est-ce qui vous permet d'affirmer que je mens?

— Parce que, sans que tu t'en doutes, quelqu'un qui se trouvait dans le jardin t'a vue approcher de Siska et te disputer avec elle.

— Ce n'est pas vrai!

— Désires-tu que j'aille chercher cette personne?

Greta se tourna vers ses parents, cherchant instinctivement leur protection. Mais leurs visages durs lui firent comprendre qu'elle ne pouvait pas compter sur eux que, déjà, ils ne la croyaient plus. Elle baissa la tête.

— J'ai voulu expliquer à Siska ce que je pensais d'elle... qu'elle n'avait pas le droit de me prendre Jef! Nous nous sommes lancé des injures horribles... Je pense que nous avions perdu la tête toutes les deux... A un moment, je l'ai frappée au visage à coups de poing... J'étais folle de colère... Je l'ai empoignée par son écharpe jaune à fleurs noires et... et j'ai voulu l'étrangler... Heureusement, le foulard s'est dénoué et a glissé... On est resté comme deux idiotes, l'une devant l'autre... Siska a murmuré : « Tu voulais me tuer, Greta? Tu voulais me tuer... » J'avais tellement honte, je tremblais tant à l'idée de ce que j'avais failli faire... que j'ai tourné les talons et que je me suis sauvée... J'ai manqué me jeter dans Jef qui arrivait... Heureusement, je l'ai reconnu de loin et j'ai eu le temps de me jeter derrière un arbre... Je me suis arrêtée et je l'ai surveillé jusqu'à ce qu'il ait rejoint Siska. Après, je suis rentrée directement ici où Jef est venu m'appeler.

Un silence lourd suivit cette confession. Le visage ruisselant de larmes, la jeune fille se laissa tomber sur une chaise. Les parents se taisaient, épouvantés. De Vos observait Greta. Confessait-elle bien toute la vérité? Il tenta une attaque directe :

— Non, Greta... tu n'es pas partie. C'est Siska qui, lorsque l'écharpe t'est restée dans les mains, s'est enfuie... Tu l'as poursuivie et tu l'as frappée avec tellement de violence sur la tête que tu l'as tuée... Sans doute tenais-tu une canne ou quelque arme de ce genre que tu avais emportée?...

La jeune fille se dressa d'un élan en criant :

— C'est faux! Je vous jure que c'est faux! Tout s'est déroulé comme je l'ai raconté! Je le jure!

De Vos avait entendu trop de gens mentir dans le bureau de police pour ne pas sentir que Greta disait la vérité.

— Je te crois, Greta... Ne pleure plus... Pourquoi n'as-tu pas avoué cela plus tôt?

— Je n'osais pas.

— Tu comprends bien que ces ecchymoses relevées sur la morte sont les indices qui étayent le mieux la thèse de Van Daële pour accuser Jef. Elles prouvent que mon fils était si furieux qu'il a frappé Siska... et si l'on admet qu'il l'a frappée, il est normal de penser qu'il l'a tuée...

— Oui.

— Mais si Jef a tué Siska dans un mouvement de colère, comment admettre qu'il soit venu se réfugier auprès de toi alors que Siska lui a sûrement raconté ce qui s'était passé entre vous deux? Il t'en aurait voulu, puisqu'il l'aimait...

Greta ne répondit pas. Toone insista :

— Le fait qu'il ait pensé à se cacher ici démontre que Siska ne l'a pas mis au courant de votre querelle... et si elle ne l'a pas fait, c'est qu'elle était morte lorsque Jef est arrivé.

Butée, Greta répliqua :

— Je l'ai vu discuter avec Siska!

— Bon... En attendant, tu vas m'accompagner au bureau et répéter ton histoire au commissaire.

— Non! Non! Il me mettra en prison!

Scène extrêmement désagréable où Toone ne savait quelle attitude prendre. Anneke Pellaers le tira d'embarras. Elle prit sa fille dans ses bras et la força à l'écouter :

— Je t'ai entendue, Greta, et ton père avec moi. C'est une autre fille que celle que nous connaissions qui s'est montrée à nous. Je ne pensais pas que l'amour pouvait transformer les gens à ce point-là. Même à nos âges, on est encore bons pour recevoir des leçons. J'aurais juré que tu étais incapable de frapper quelqu'un. Je me trompais. Seulement, Jef est en prison. Tout ce qui arrive, c'est un peu de sa faute, mais il risque gros, trop gros pour que tu aies le droit de te taire. Si d'avouer ta faute peut l'innocenter, ou, du moins, mettre un doute dans l'esprit de ce Van Daële, tu n'as pas le droit d'hésiter. J'espère qu'on ne t'enfermera pas, parce qu'une raclée, ce n'est jamais qu'une raclée et pas un crime. Pourtant, si on te garde là-bas, évidemment on aura du chagrin, on se rongera de souci, mais il faut toujours payer ses dettes, Greta. Nous, on ne t'abandonnera pas, hein, Karel?

Trop ému pour répondre, l'épicier confirma de la tête les propos de sa femme. C'était quelqu'un de pas mal, Anneke Pellaers... Il est besoin, parfois, de circonstances exceptionnelles pour que les êtres les plus ternes laissent voir la lumière qu'ils portent en eux à l'insu de tous. L'épicière embrassa sa fille.

— Va, mon petit... Tu le dois.

Greta se leva lentement, les regarda tous l'un après l'autre.

— Tous les trois, vous êtes d'accord pour que j'aille me dénoncer?

Elle guetta une réplique qui ne vint pas et, haussant les épaules :

— C'est entendu, monsieur de Vos, je pars avec vous.

Ils gagnèrent le bureau de police en remontant à la Roerstraat qui conduisait directement au bout de l'Houtdoklaan. Ils marchaient côte à côte et Toone, jetant de temps à autre un coup d'œil furtif à la jeune fille, commençait à se demander s'il avait bien agi. Au moment où ils débouchaient sur le quai, Greta se rapprocha un peu plus de lui.

— Vous pensez vraiment que Jef aimait Siska?

Il ne souhaita pas lui causer de la peine.

— Je suppose qu'il se figurait l'aimer... A cet âge-là, les garçons sont toujours un peu romantiques et se racontent beaucoup d'histoires... A mon idée, il te serait revenu un jour ou l'autre, parce qu'il n'aurait pu faire autrement que s'apercevoir ce que valait Siska et ce que tu vaux.

Elle eut un beau sourire qui illumina son visage et de Vos la jugea belle.

— Maintenant, je n'ai plus peur...

Loin de le soulager, cette remarque serra la gorge du policier. Sans en deviner les raisons, il se sentait mauvaise conscience.

Isidoor Steger annonça à Toone que son fils se portait bien et semblait prendre son sort avec philosophie. Il lui apprit aussi que le commissaire travaillait dans son bureau en compagnie de l'inspecteur Van Daële.

Si de Conninck fut surpris de l'arrivée de Toone et de Greta, il ne le montra pas. Van Daële affecta de ne pas prêter attention aux nouveaux venus.

— Quelque chose à me dire, Toone?

— Si vous avez un moment, monsieur le commissaire?

— A quel sujet?

— Le meurtre de Siska de Geest.

— Allez-y, je vous écoute?

— J'ignore si vous connaissez Greta...

— ... La fille de Karel Pellaers, l'épicier? Évidemment, que je la connais. Me prendriez-vous pour un étranger dans le Muide? Que puis-je pour elle?

— C'est plutôt elle qui peut quelque chose pour nous, monsieur le commissaire... Raconte-leur, Greta...

La jeune fille recommença le récit des événements de la veille auxquels elle avait été mêlée. Le commissaire et Van Daële l'écoutèrent attentivement. Elle se tut lorsqu'elle en fut au moment ou l'écharpe jaune à fleurs noires de Siska se dénoua sous ses doigts. Cyriel de Conninck la pressa vivement :

— Et puis?

On vit Greta prendre une profonde inspiration et débiter très vite :

— Siska a tenté de s'échapper. Je lui ai couru après et, avec le marteau que j'avais emporté, je l'ai frappée sur la tête.

Elle se cacha le visage dans ses mains et éclata en sanglots. Les autres paraissaient frappés de stupeur. De Vos, tout le premier. De Conninck avait du mal à réaliser ce qu'il venait d'entendre.

— Ainsi, c'était vous?... Vous étiez au courant, Toone?

— Je vous donne ma parole que non, monsieur le commissaire. Je désirais simplement qu'elle vous dise que c'était elle — et non Jef — qui avait frappé la victime... mais j'étais loin de me douter...

Van Daële frappa brutalement sur le bureau du commissaire :

— Eh bien! moi je ne marche pas! On cherche à nous égarer!

— Attention, Van Daële! Vous êtes en train de porter une accusation des plus graves...

— Bien sûr, je n'ai pas de preuve pour l'instant, mais cette jeune fille nous emmène en bateau, j'en mettrais ma tête à couper!

— Dans quel but?

— Pour innocenter celui qu'elle aime!

— Ce serait un peu gros, non?... Mademoiselle Pellaers, vous êtes prête à signer vos aveux?

— Oui, monsieur le commissaire.

— Dans ce cas...

Van Daële insista :

— Donnez-vous le temps de réfléchir, monsieur le commissaire. Cette sotte ne se rend pas compte de ce qu'elle fait!

— Vous entendez, mademoiselle?

— Je maintiens ce que j'ai dit.

Piet s'approcha de son collègue.

— Ce n'est pas vous qui seriez derrière tout ça?

De Vos secoua la tête.

— Monsieur Van Daële, j'ai donné ma parole que j'ignorais tout de cet aveu avant de l'entendre. Dans le Muide, personne encore n'a mis en doute la parole de Toone de Vos... et je ne tolérerais pas...

Pour éviter la querelle qui s'amorçait, le commissaire changea la conversation.

— En tout cas, je ne peux plus garder Jef de Vos.

Van Daële bondit :

— Vous n'allez pas le relâcher, tout de même?

— Le moyen d'agir autrement?

— Mais vous ne voyez donc pas que c'est une combine pour obtenir la mise en liberté de Jef?

— Non, je ne le vois pas. Mlle Pellaers, ici présente, s'accuse du crime dont un autre est soupçonné. Du coup, cet autre, nous n'avons pas le droit de le retenir plus longtemps.

Exaspéré, Van Daële s'en prit à Greta :

— Où est le marteau avec lequel vous prétendez avoir frappé Siska de Geest?

— Le marteau?... Ah! oui... je l'ai jeté après... il me faisait horreur...

— Où l'avez-vous jeté?

— Dans le Voorhaven.

— Vous mentez! Et l'écharpe?

— Quelle écharpe?

— Celle avec laquelle vous avez tenté d'étrangler votre victime?

— Je... je ne sais pas...

— Naturellement! monsieur le commissaire, il n'y a pas plus d'écharpe que de marteau! Je vous jure qu'elle ment!

— Prouvez-le!

— Je le prouverai!

Enfonçant rageusement son chapeau sur la tête, Piet s'élança hors de la pièce sans prendre congé de son supérieur. De Conninck, qui, en dépit de ses aveux, n'était pas autrement convaincu de la culpabilité de la jeune fille, la pria de réfléchir encore, attirant son attention sur la gravité de sa conduite si l'on démontrait qu'elle avait sciemment menti. Elle n'en voulut pas démordre. Toone demanda au commissaire la permission de rester quelques instants seul avec Greta. Il y consentit et quitta le bureau.

— Pourquoi fais-tu ça, Greta?

Elle ne répondit pas.

— Pour sauver Jef, n'est-ce pas? Parce que tu es convaincue de sa culpabilité? Et tu te figures que je vais te laisser prendre sa place?

— J'ai tué Siska d'un coup de marteau.

— Pour quelles raisons ne l'as-tu pas dit devant tes parents, tout à l'heure?

— J'ai été lâche... Je préfère qu'ils l'apprennent par d'autres que par moi.

— Jure-moi sur sainte Thérèse que tu ne mens pas?

Il épia sa réaction. Oserait-elle se parjurer vis-à-vis de la petite sainte particulièrement en honneur dans le Muide...

— Je n'ai pas besoin de jurer.

Mentait-elle maladroitement? Jouait-elle la comédie pour donner l'impression qu'elle mentait? Ayant assassiné sa rivale, espérait-elle, tout en sauvant Jef, se sauver elle-même? Toone ne savait plus que penser. Il maudissait sa trop vieille expérience, qui l'empêchait de voir simplement les choses simples et le forçait toujours à soupçonner des calculs.

— Il est encore temps de te rétracter, Greta... J'expliquerai au commissaire...

— J'ai tué Siska...

De Conninck entra.

— Alors?

— Elle s'acharne à se prétendre la meurtrière.

Ennuyé, le commissaire demanda :

— Qu'est-ce qu'on décide?

— Monsieur le commissaire, je suis à peu près sûr que quelque chose nous échappe dans cette affaire... Avec sa hargne, Van Daële risque de nous mener à une impasse... Puis-je me permettre un conseil? Relâchez mon fils dont je répondrai. Nous sommes samedi, demain c'est dimanche... Attendez jusqu'à lundi pour prendre une décision?

— Et celle-là?

— Gardez-la... mais qu'elle ne signe pas tout de suite ses aveux... La nuit la portera peut-être à réfléchir...

— Mais je ne peux la garder sans motif.

— Disons que sa mère vous la confiera parce qu'elle craint qu'elle ne commette une bêtise?

— Si les parents sont d'accord...

— Je m'en charge.

— Bon, mais lundi matin, au plus tard, si elle signe, je l'écroue.

— Entendu. Merci, monsieur le commissaire. Nous sommes dans le noir et ces jeunes sots nous compliquent la tâche en jouant les héros ou en perdant la tête, mais nous en sortirons... Pourvu que Van Daële n'embrouille pas tout.

— De Vos, que se passe-t-il entre Piet et vous?

— Trop long à vous expliquer pour l'instant. Nous en reparlerons plus tard, si vous le désirez.

En apprenant de la bouche de son père qu'il pouvait rentrer à la maison, Jef manifesta bruyamment son enthousiasme, accompagné dans sa démonstration par son collègue Isidoor Steger, aussi heureux que lui. Du trio, c'était encore Toone qui montrait la plus triste mine.

— Tu reviens avec moi, père?

— Non... J'ai une course urgente... Toi, dépêche-toi d'aller rassurer ta mère.

— Entendu! A tout à l'heure...

Jef s'apprêtait à mettre le pied dehors lorsque son père le rappela :

— Jef?

Le garçon se retourna :

— Tu ne me demandes pas comment il se fait qu'on te libère?

— On s'est aperçu que je n'étais pour rien dans la mort de Siska, j'imagine?

— De quelle façon s'en serait-on aperçu, à ton avis? Parce qu'enfin je te rappelle que tu appartiens à la police...

— Oui... Eh bien! parce que... parce que... non, à la réflexion, je ne vois pas?

— Je ne te félicite pas... tu n'es guère brillant... la solution la plus simple?

— On a arrêté le meurtrier?

— Plus simple encore.

— Plus simple?... L'assassin s'est dénoncé lui-même?

— Tu y es!

— Dis-moi, j'ai eu une rude chance, si je comprends bien? Ouf! un moment dont je me souviendrai!

Toone remarqua doucement :

— Et Siska... tu t'en souviens?

— Siska?... En voilà une question!

— Tu l'aimais beaucoup, n'est-ce pas? Au point de vouloir construire ta vie avec elle?

— Certainement!

— Tu l'aimais beaucoup... mais tu ne penses pas à me demander le nom de celui qui, en la tuant, t'a privé du grand amour de ton existence?

Jef parut gêné et rougit un peu.

— C'est vrai... Je crois que je suis un peu perdu pour l'instant... Qui est-ce?

— Je te le dirai à la maison... File, mon petit, ne retarde pas davantage la joie de ta mère.

L'égoïsme de Jef bouleversait de Vos. De très anciennes vérités premières lui occupaient l'esprit : « On ne connaît jamais ses enfants », ou : « On s'illusionne toujours sur le compte de ceux qu'on aime. » Toone n'était plus très sûr que son fils fût incapable de mentir. Quoi qu'il dût arriver, l'inspecteur savait qu'il serait parmi les victimes, car, désormais, il ne pourrait plus voir ceux qui l'entouraient avec la même optique. Au fur et à mesure de ses réflexions, il s'enfonçait plus profondément dans un pessimisme qui lui barbouillait l'âme. En se sauvant après la découverte du corps de Siska, Jef obéissait-il sottement à un simple réflexe d'auto-défense? Son égoïsme forcené le poussait-il à demander asile, au risque de la compromettre, à celle dont il n'ignorait pas la tendresse et qu'il négligeait? Ou bien, toutes ces actions assez méprisables relevaient-elles d'un calcul plus méprisable encore? Quelle que puisse être l'explication de cet étrange comportement, Toone sentait qu'il ne regarderait plus jamais son fils avec les yeux d'autrefois.

Les clientes encombraient l'épicerie des Pellaers. De Vos vit, tout de suite, le regard d'Anneke qui cherchait Greta et qui vacillait en constatant son absence. Toone avait davantage confiance en Anneke qu'en son mari. Il lui fit signe de le suivre et gagna directement l'arrière-boutique, laissant Karel aux prises avec les ménagères du Muide.

— Ils l'ont gardée?

— Oui, Anneke...
— Pour une simple bagarre?
— Il y a quelque chose de plus grave...
— Ah!

Il exposa ce qui s'était passé dans le bureau de Cyriel de Conninck, et le terrible aveu de Greta. Il dit encore ce qu'il était convenu avec le commissaire et qu'il lui restait un peu plus de trente-six heures pour éclaircir l'affaire, sinon Greta serait obligée de signer sa déclaration avec tout ce que cela entraînerait de conséquences. Anneke ne pleura pas, ne cria pas, ne jugea pas nécessaire de s'évanouir. Une femme solide, capable de recevoir les coups les plus douloureux sans faiblir. Elle se contenta de demander :

— Toone, vous croyez qu'elle a tué Siska, ma petite?

Sans prendre le temps de réfléchir — et parce que c'était sa conviction profonde — de Vos répondit :

— Non, Anneke, je ne le crois pas.

Chez les de Vos régnait l'euphorie la plus complète. Greetje, assise en face de son fils, le regardait avec adoration. Justine chantait tout en préparant la table du dîner et Edmond lui-même semblait être sorti de son apathie habituelle. Il s'affairait, se collant à chaque instant dans les jambes de sa femme qui le rabrouait gentiment, car on ne pouvait lui tenir rigueur de sa bonne volonté. L'entrée de Toone passa presque inaperçue. Cependant, Greetje leva la tête vers son mari lorsqu'il passa près d'elle et lui chuchota dans un sourire :

— Il est là...

Il se contenta de lui tapoter l'épaule mais, déjà, elle ne lui prêtait plus attention. De Vos prit place dans son fauteuil habituel et bourra sa pipe. Il attendait qu'ils se soient un peu calmés les uns et les autres. Edmond dérangea ses plans avec sa maladresse innée :

— Alors, Toone, comment avez-vous arraché Jef des griffes de la police? De quelle façon vous y êtes-vous pris pour lui faire rendre sa liberté?

— Liberté encore provisoire, Edmond... Je n'ai pas eu le temps de te prévenir, Jef, mais jusqu'à lundi, tu ne dois pas sortir de la maison. J'ai donné ma parole que tu te conformerais à cet impératif.

Jef assura qu'il ne souhaitait rien d'autre que d'obéir aux engagements souscrits par son père. Toone ne lui répondit pas et, s'adressant de nouveau à son beau-frère :

— Si Jef est libre, je n'y suis pour rien... Ce n'est donc pas moi qu'il faut remercier, mais bien le meurtrier de Siska qui a, spontanément, avoué son crime.

— Qui est-ce?

Ce n'était pas Jef qui posait la question, mais Edmond. Tous guettaient la réponse. D'un coup d'œil, Toone nota le visage indifférent de Greetje pour qui plus rien n'offrait d'importance puisque son fils était revenu, celui de Justine, avide d'apprendre une nouvelle qu'elle pourrait commenter avec ses amies en se reférant de la haute autorité de son beau-frère; celui, intrigué, d'Edmond, pour la première fois mêlé à un drame qui le sortait de son train-train ordinaire; celui, enfin, de Jef, souriant. Trop heureux pour s'occuper d'autre chose que de son bonheur présent ou trop égoïste pour s'intéresser encore à la morte qu'il affirmait chérir...

— Greta Pellaers.

Le nom fit l'effet d'une bombe, même Greetje

s'arracha à son engourdissement béat pour s'exclamer avec les autres :

— Ce n'est pas possible!...

Jef, enfin redevenu humain, se leva :

— Ce n'est pas vrai, père?

De Vos remarqua avec satisfaction qu'il y avait du chagrin dans la voix de son fils.

— Elle a avoué en ma présence...

— Qu'elle ait avoué ou non, je ne la crois pas!

— Si cela peut te rassurer, moi non plus, je ne la crois pas.

Cette déclaration les surprit et Jef, déconcerté, murmura :

— Mais, dans ce cas, pourquoi revendique-t-elle un crime qu'elle n'a pas commis?

— Tu ne le devines pas?

Le garçon hésita et, un peu honteux :

— Pour me prouver son attachement?

— Il me semble, non? Tu en connais beaucoup qui seraient capables d'un pareil sacrifice?

— Non, bien sûr, mais je ne l'aime pas... Je n'y peux rien! Et puis, un pareil comportement laisse entendre qu'elle me soupçonne d'être le meurtrier?

— Elle ne te soupçonne pas, Jef, elle en est sûre!

— Qu'est-ce que tu racontes?

— Elle t'a vu parler à Siska... à Siska que tu prétends avoir découverte morte. Elle ne l'a confié qu'à moi.

— Elle ment!

— Je n'en suis pas sûr.

— Alors, c'est moi?

— Pourquoi pas?

— Si tu estimes que j'ai menti, pour quelles raisons l'as-tu laissée s'accuser à tort?

— Pour des raisons personnelles et qui ne te regardent pas.

— Tu as plus confiance en elle qu'en moi?

— Elle paie assez cher pour qu'on lui fasse confiance.

— Tu me prends pour un assassin?

— Si telle était mon opinion, tu serais déjà en prison.

Le ton montait. Justine dissipa un peu le malaise en s'écriant avec sa fougue habituelle :

— Une chienne n'y reconnaîtrait pas ses petits dans votre histoire! Toone, tu es convaincu de l'innocence de ton fils, mais tu laisses entendre qu'il ment! Tu es certain de l'innocence de Greta et tu affirmes qu'elle ment aussi! Qui est donc sincère, dans tout ça?

— C'est là toute la question, Justine!

Greetje prit alors la parole et sur un ton si net, si dur que son mari la regarda avec surprise.

— Toone, tu es le père de Jef et non celui de Greta. C'est donc ton fils que tu dois croire. Moi, je te fais confiance, Jef. Je suis persuadée que Greta a tué Siska parce qu'elle la jalousait. Dans sa rancune, elle n'a pas réfléchi que supprimer Siska ne te rapprocherait pas d'elle, au contraire. On n'épouse pas une meurtrière, même si la justice lui pardonne. A mon idée, tu te trompes, Toone, en voulant considérer Greta comme une sainte. Pareil à tous les hommes, tu te laisses embobeliner par les larmes et les grands sentiments. Greta a tué Siska et se voyant sur le point d'être découverte, elle a préféré avouer, mais elle jette le doute en prétendant avoir vu Jef parler à Siska. Sachant ta conscience, tes scrupules, elle compte que tu n'oseras pas la laisser condamner de peur qu'elle soit vraiment innocente et ton fils coupable. C'est très habile, si je considère les résultats déjà obtenus puisque, devant nous tous, tu ne crains pas de prendre parti contre Jef!

C'était peut-être vrai, mais de Vos ne se préoccupait plus tellement du crime. Il écoutait. Il contemplait une Greetje qu'il ne connaissait pas, malgré de longues années de vie commune. Il en souffrait comme d'une trahison. Elle se dressait contre lui pour défendre son fils. Elle ne se souciait plus du juste et de l'injuste. Prête à toutes les iniquités pour sauver Jef, elle accablait Greta aujourd'hui comme elle l'accablerait, lui, demain. Toone n'entretenait plus aucune illusion sur ce chapitre. Allons, il était écrit sans doute que nul de ceux qui, de près ou de loin, touchaient au crime du Voorhavenlaan ne sortirait indemne de l'aventure.

CHAPITRE V

Malgré le retour de Jef, le bavardage de Justine, la soudaine gaieté de Greetje qui revivait, le dîner ne fut pas follement joyeux. Edmond se contentait d'approuver les femmes quand on réclamait son avis sur quelque sujet que ce soit, et Toone ne pouvait s'empêcher de penser à Greta, qui passerait la nuit au bureau de police. De temps à autre, il observait Jef à la dérobée et, examinant ce visage franc, ouvert, il s'en voulait d'avoir pu croire à une dissimulation possible de sa part mais, en même temps, il revoyait les yeux noyés de larmes de la jeune Pellaers se déclarant coupable d'un meurtre qu'elle n'avait sans doute pas commis. Encore sous l'impression du changement d'attitude de sa femme, il ne parvenait pas à s'intégrer à la joie discrète de la maisonnée. Aux questions qu'on lui posait, il répondait par des oui ou des non dont la brièveté décourageait de pousser la conversation plus avant. Peu à peu, les convives l'abandonnèrent à ses songes et ne s'occupèrent plus de lui. C'était ce qu'il souhaitait.

Tout en mangeant, il s'absorbait dans le problème qui le torturait : Greta mentait-elle ou non? Anneke Pellaers, sur sa prière, lui avait montré les deux marteaux qu'on gardait dans la maison. Donc, sur le sujet de l'arme, Greta inventait, à moins qu'elle ne soit allée en acheter un pour tuer Siska. De Vos répugnait à admettre une pareille préméditation. Quelque chose lui soufflait que la mort de la petite de Geest relevait d'un accident. On ne l'avait pas rejointe pour l'assassiner. Elle était morte parce que la colère avait fait perdre la tête à celui ou celle avec qui elle se querellait. Si Toone n'avait jamais bien cru à l'histoire du marteau, par contre il ajoutait foi à l'histoire de l'écharpe jaune à fleurs noires dont parlait Greta. C'était là un détail qu'on n'invente pas. Cette écharpe demeurait aussi introuvable que le marteau. Et, pourtant, il semblait à l'inspecteur qu'il avait vu cette écharpe au cours des dernières heures, mais où?

Justine ôtait avec componction le couvercle du plat où fumait l'onctueuse carbonade préparée dans l'après-midi lorsque Toone poussa un véritable cri qui les fit tous sursauter.

— Ça y est!

Ils le regardèrent, attendant la suite.

— Greta ne mentait pas, à propos de l'écharpe jaune à fleurs noires portée par Siska... Je sais où elle est!

Jef réagit le premier :

— Où donc?

— Chez Goedele Poelman! Je l'ai aperçue sur sa table, la seconde fois que je me suis rendu chez elle pour chercher son frère... Il va falloir que ce cher Deeske m'explique comment cette écharpe, portée par la morte, peut se trouver chez lui... J'y vais!

Justine soupira :

— Alors... ma carbonade, tu n'y goûtes même pas?

— Tout à l'heure, en rentrant.

— Ce ne sera pas la même chose...

Greetje remarqua :

— Que tu ailles maintenant ou plus tard, Toone, ça n'a pas beaucoup d'importance? Reste donc avec nous, tu t'y rendras dans la soirée. N'importe comment, ça ne changera rien et tu ne vexeras pas Justine qui s'est donné bien du mal pour sa carbonade.

— Tu as raison, Greetje... Deeske ne perd rien pour attendre... Voyons un peu cette carbonade, Justine?

Rassérénée, la femme d'Edmond servit copieusement son beau-frère en premier, puis elle remplit les assiettes des autres convives. Elle fit large mesure car elle avait affaire à de robustes appétits flamands. Seul, Edmond protesta contre la quantité de nourriture que son épouse prétendait lui voir ingurgiter et Justine, énervée, haussa les épaules. La perspective de sa revanche sur Deeske plongeait Toone dans l'euphorie et il loua hautement le savant dosage réussi par Justine dans l'emploi de la bière, du vinaigre, du sucre et des épices pour arriver à cette sauce épaisse, moelleuse, parfumée où baignaient les tranches de bœuf cuites dans la graisse et qu'on dévorait avec des morceaux de pain enduits de moutarde. Mme Maes rayonnait, chacun tenant à approuver les louanges de l'inspecteur. Après la carbonade, Justine interdit à Toone de bouger avant qu'il n'ait absorbé le café qu'elle entendait préparer afin d'aider une digestion qui serait sans doute assez lente. Jef se leva, annonçant qu'il se rendait jusque chez le marchand de tabac pour acheter des cigarettes, mais son père l'arrêta :

— Non, mon garçon... j'ai donné ma parole que

tu ne quitterais pas la maison tant que de Conninck n'aurait pas définitivement statué sur ton sort.

— Alors, je dois me passer de fumer?

Toujours serviable, Edmond se proposa. Ne fumant pas, il s'enquit de la marque désirée par son neveu et fila. On était si habitué à mettre ce pauvre Edmond à contribution qu'on ne pensait jamais à le remercier. On buvait le café lorsqu'il réapparut expliquant que pris pour arbitre, chez le buraliste, par des joueurs de 421, il avait été contraint de donner son opinion et d'accepter le verre d'alcool que le parti triomphant avait tenu à lui offrir. On rit car Maes détestait l'alccol qui lui flanquait des aigreurs.

Goedele se montra moins hostile que les précédentes fois lorsque Toone se présenta.

— Goedele, j'aimerais regarder la belle écharpe jaune à fleurs noires qui était sur cette table quand je suis venu ce matin?

— Une écharpe jaune? Vous devez vous tromper car je n'en ai jamais possédée de cette couleur.

De Vos se raidit :

— Goedele, je ne suis pas encore gâteux! Je vous répète que, ce matin, là, sur cette table, se trouvait l'écharpe dont je vous parle!

Mlle Poelman, toujours aussi molle, aussi vulnérable, secouait la tête :

— Je suis certaine que vous vous trompez, inspecteur. D'ailleurs, le jaune ne me va pas du tout!

De Vos fut sur le point de lui dire qu'il se demandait ce qui pouvait bien aller avec une figure comme la sienne. Il se contraignit à rester calme.

— Je ne pense pas que vous essayiez de me tromper, Goedele?

— Oh! non, monsieur l'inspecteur...

— Alors... tentez de vous souvenir... une écharpe jaune...?

— Non, vraiment... je ne vois pas...

Elle mentait si maladroitement que Toone éprouvait une furieuse envie de la calotter.

— C'est grave... très grave... Goedele...

— De ne pas avoir d'écharpe jaune?

Elle se fichait de lui par-dessus le marché!

— Je suis bon type, Goedele, mais il ne faudrait quand même pas exagérer...

— Je ne comprends pas ce que vous voulez dire, inspecteur?

— Qui vous a conseillée de vous débarrasser de cette écharpe?

— Quelle écharpe?

— Vous savez qu'elle a été volée au cou d'une femme qu'on a assassinée?

Elle se troubla.

— Allez-vous-en!

— Peut-être êtes-vous chargée de la laver pour enlever le sang?

— Taisez-vous!

— Vous êtes complice du meurtrier, Goedele!

— Ce n'est pas vrai!

— Si vous tenez à ce qu'on vous croie, dites-moi où vous avez caché l'écharpe?

Maintenant, elle tremblait. Il poursuivit :

— Vous risquez la prison... Des années et des années sans voir personne d'autre que les gardiennes et vos compagnes de captivité... C'est ça que vous souhaitez?

— Mais laissez-moi donc tranquille! Qu'est-ce que je vous ai fait que vous êtes toujours après moi?

— Pas après vous, Goedele, après Deeske... Après votre frère qui est venu prendre l'écharpe que vous gardiez... C'est lui, n'est-ce pas?

Elle balbutia :

— Non... non...

Ses dénégations n'avaient presque plus de vigueur. De Vos devinait qu'il touchait au but. Il se montra paternel :

— Tout le monde vous estime dans le Muide, Goedele... On ne comprend pas que vous vous sacrifiiez sans cesse à cette crapule de Deeske... Il est nécessaire qu'on vous écarte pour que vous puissiez vivre normalement... Laissez-moi vous aider, Goedele?

Déjà, la bouche de la fille s'ouvrait sur l'aveu que de Vos, les nerfs tendus, attendait, appelait de toutes ses forces lorsqu'on frappa à la porte. Tout changea et Toone comprit que son heure venait de passer. Il jura comme un charretier. Van Daële, que Goedele introduisait, remarqua ironiquement :

— Charmante réception?

De Vos n'était pas d'humeur à apprécier l'ironie de son collègue. Il s'avança, le visage mauvais :

— Qu'est-ce que vous foutez ici?

— Et vous?

Mlle Poelman, ayant retrouvé le courage de se battre, répondit pour lui :

— Il me harcèle, inspecteur, pour que je lui dise où j'ai mis une écharpe jaune à fleurs noires qu'il prétend avoir vue ici! Mais je n'ai jamais eu d'écharpe de cette couleur!

— Garce!

Van Daële susurra :

— Prenez garde, mon cher collègue... Votre titre ne vous donne pas le droit d'insulter vos concitoyens...

— Gardez vos conseils!

Mais Van Daële n'entendait pas abandonner son avantage :

— Si je comprends bien, vous vous intéressez à la fameuse écharpe que personne n'a vue?

— Moi, je l'ai vue... ici.

— Vous et Mlle Pellaers naturellement... Rentrez donc chez vous, de Vos... Vous vous attirerez des histoires ennuyeuses pour rien.

— Vous êtes bien bon, monsieur Van Daële, mais il m'intéresse, figurez-vous, de deviner pourquoi vous apparaissez toujours au moment où je suis sur le point d'obtenir des aveux d'un membre de cette famille Poelman envers laquelle vous semblez nourrir des sentiments bien amicaux?

— Si cela était, mon cher collègue, ce pourrait être pour compenser l'hostilité que vous manifestez à son endroit?

— J'ignorais qu'un inspecteur de police pût se lier avec un voyou de la qualité de Deeske Poelman...

— Ne rêvez pas, de Vos... Si je suis là, c'est que je vous ai suivi et, quand je me suis rendu compte que vous restiez bien longtemps chez Mlle Poelman, j'ai désiré voir ce que vous y fabriquiez... Je n'aime pas qu'on tarabuste des êtres sans défense comme cette malheureuse Goedele.

— Cette malheureuse Goedele ment très bien.

— Qu'est-ce qui me le prouve?

— Il fut un temps, monsieur Van Daële, où vous n'auriez pas hésité entre ma parole et celle de la sœur de Deeske!

— En ce temps-là, Toone de Vos, votre fils n'était pas soupçonné de meurtre. Parce que j'aime autant vous le dire : votre coup monté avec Greta Pellaers peut troubler le commissaire de Conninck, mais, moi, il ne me touche pas et, jusqu'à plus ample information, je tiens Jef de Vos pour un assassin!

Le poing de Toone partit avec une telle rapidité que Van Daële n'eut pas le temps d'esquiver. Il reçut le coup à la pointe du menton. Ses yeux se révulsèrent. Goedele ouvrit la bouche pour un cri qui ne sortit pas. En tombant, Piet ébranla toute la pièce. Les deux poings serrés devant les lèvres, Mlle Poelman, hagarde, contemplait le corps du policier étendu à ses pieds comme s'il se fut agi d'un cadavre. A dire vrai, si de Vos se sentait soulagé, il était bien aussi quelque peu ennuyé. Le commissaire risquait, sur plainte de Van Daële, d'être contraint de lui créer de gros ennuis et Toone aurait rudement besoin de sa retraite pour vivre avec Greetje. Blême, Goedele balbutiait :

— Ce que vous avez fait... ce que vous avez fait...

De Vos s'agenouilla et releva la tête de son collègue. Il lui tapota les joues qui se colorèrent lentement. Goedele demandait :

— Il n'est pas mort, au moins, dites?

— Non... Dans la police, on a la vie chevillée au corps.

Van Daële soupira et ouvrit les yeux. Son regard flotta un instant. Visiblement, il n'était pas encore complètement revenu à lui. Ses yeux accrochèrent le visage en larmes de Goedele qui parut lui rendre l'élan nécessaire pour se relever. Il repoussa de Vos et se remit debout en s'accrochant à la table, ferma une seconde les paupières, en proie au vertige, puis il se passa précautionneusement la main sur le menton.

— Je regrette, Van Daële...

— Et vous pensez que cela suffit?

— Vous avez tout fait pour m'exaspérer...

— Je vous aurai, de Vos.

— Peut-être, mais je vous en avertis ce sera dur...
— Cela m'est égal.
— Parfait. En attendant notre prochaine rencontre, je vous laisse aux soins de Goedele... Vu la manière dont vous protégez son frère, elle se doit de s'occuper de vous, non?

En ce dimanche matin, les habitants du Muide, revêtus de leurs habits de fête, s'en allèrent à la Matrozenstraat pour présenter leurs condoléances à la veuve Tanalla de Geest, mère de Siska. Hilda Vanhuelle qui, le jour du Seigneur, abandonnait ses frites, attendait les arrivants à la porte de la mercerie aux volets clos. Elle les saluait et leur montrait l'escalier qui, du fond du magasin, montait à l'étage où Tanalla, assistée d'une religieuse, veillait au chevet de son enfant. Les femmes embrassaient la mère, mêlant leurs larmes aux siennes et lui chuchotant à l'oreille qu'elles étaient de tout cœur avec elle dans son malheur. Les hommes se contentaient de lui serrer la main. Quelques-uns s'attardaient un peu plus longtemps auprès d'elle. Il s'agissait d'anciens camarades de jeu à qui les tristes circonstances donnaient l'occasion de dresser de peu réjouissants bilans. Les uns et les autres se dirigeaient ensuite vers le lit où reposait Siska et, oubliant sa vilaine réputation, s'attendrissaient sur son visage pas encore tout à fait sorti de l'enfance. Elle paraissait dormir. Des boucles s'échappaient sous le pansement lui enveloppant le haut de la tête. En baissant la voix jusqu'à ce qu'elle devînt un chuchotement, les gens du Muide défilant dans la chambre ne se rendaient pas compte s'ils parlaient ainsi par respect pour la mort ou pour ne pas éveiller la jeune fille. Lorsque les visiteurs repassaient devant elle pour gagner la rue,

Hilda Vanhuelle les remerciait et s'enquérait de leur santé. Seule dans la vie, Hilda se donnait l'illusion de posséder une famille en aidant tous ceux qui se trouvaient dans la peine et avaient besoin de quelqu'un de fort à leur côté.

Chez de Vos, on avait débattu longtemps pour décider s'il convenait ou non de se rendre chez Mme de Geest. On craignait que cette absence ne fut fâcheusement commentée et on se demandait encore comment la mère accueillerait les parents d'un garçon plus ou moins soupçonné d'avoir assassiné sa fille. Greetje optait pour l'abstention. Toone, qui se souvenait de la charmante fille qu'avait été Tanalla quelque vingt-cinq ans plus tôt quand elle épousait le facteur Victor de Geest, tombé au champ d'honneur en 1940 du côté de Diest, aurait voulu lui expliquer qu'il comprenait sa peine et la partageait. Les deux époux ne parvenant pas à se mettre d'accord, Justine fut dépêchée en estafette. Elle revint, affirmant que Mme de Geest l'avait reçue avec gentillesse et que, se doutant des scrupules des de Vos, elle l'avait chargée de leur apprendre qu'elle comptait bien les voir au plus tôt. Cette invitation enleva les dernières hésitations, mais Toone eut toutes les peines du monde à persuader son fils qu'il ne devait pas quitter sa résidence forcée, ajoutant que sa venue dans la Matrozenstraat risquait d'être assez mal jugée de certains.

En apercevant les de Vos, le bon visage d'Hilda s'éclaira d'un large sourire. Elle leur affirma qu'ils agissaient bien. Ceux qu'ils croisèrent dans le magasin ou dans l'escalier les saluèrent les uns avec familiarité, les autres avec des regards en dessous qui en disaient long sur ce qu'ils pensaient. Le rouge au front, Greetje éprouvait une grande hâte d'en finir avec ce qu'elle appelait une corvée. Toone était de plus en plus désemparé par le comportement de sa femme. Cette sécheresse de cœur, cet égoïsme impudique ne lui ressemblaient pas. Les menaces ayant pesé sur Jef avaient-elles donc suffi pour la transformer complètement ?

Tanalla embrassa affectueusement Greetje et pressa longuement la main de Toone. Midi approchait et les visiteurs s'espaçaient. De Vos surveillait sa femme. Il fut affecté par la façon haineuse dont elle contempla la morte qui avait failli lui prendre son fils. L'œil sec, elle examinait l'ennemie abattue et dont la disparition créait encore des ennuis à Jef. Au contraire, Toone éprouvait une réelle émotion face à ce visage que la mort ombrait d'une mélancolie apaisée. Jusqu'ici, il n'avait guère songé à Siska. Maintenant, il prenait conscience que c'était elle la vraie victime et il se jura de la venger, quel que soit le coupable. Greetje et lui se retiraient après avoir jeté de l'eau bénite sur la couche funèbre lorsque Tanalla leur fit signe de la suivre, les précédant dans sa propre chambre dont elle referma soigneusement la porte afin que nul ne les puisse écouter.

— Je suis heureuse que vous soyez là...

Greetje ne répondant pas, Toone le fit à sa place :

— Vous devez nous comprendre, Tanalla... Les bruits qui ont couru sur Jef rendu responsable de la mort de votre fille...

D'un geste, elle l'interrompit.

— Ne parlons jamais de cela, Toone. Pas une seconde je n'ai cru à une culpabilité possible de Jef. Je sais combien il aimait Siska et si tout ne marchait pas pour le mieux entre eux depuis quelque temps, je suis bien forcée de reconnaître que la faute en incombait à la pauvre petite...

Greetje se détendit et de Vos fut sensible au changement d'attitude de sa femme. Il devina que du moment qu'on rendait hommage à son fils, elle s'humanisait.

— Ce n'était pas foncièrement une mauvaise fille, ma Siska... seulement, je n'ai pas pu la surveiller comme je l'aurais souhaité. Son père lui a beaucoup manqué. Et comment la retenir enfermée dans ce sombre magasin? Elle aimait s'amuser, flirter... Je pense aussi que Malvina Mooring avec son argent, ses goûts de luxe n'a pas eu une heureuse influence sur elle.

De Vos espéra des renseignements.

— Pour Jef, le changement de Siska à son égard datait du soir où elle gagna un crochet de chanteurs amateurs.

— C'est exact... Malvina est la responsable de tout. C'est elle qui l'a poussée à se présenter et la malchance voulut qu'elle l'emporta. Ça lui a tourné la tête. Et puis, il y a eu quelqu'un pour flatter sa vanité... quelqu'un qui lui a fait entrevoir un avenir doré avec beaucoup d'argent et peu de travail, ce dont rêvent tant de jeunes aujourd'hui jusqu'à ce que la vie les ramène à la raison.

— Connaissez-vous l'identité de cette personne?

— Non. Siska s'est toujours montrée fort réservée lorsque nous en parlions; même vis-à-vis de moi, elle restait secrète. J'y devinais la preuve qu'elle n'était pas tellement fière de cette amitié nouvelle. Elle sortait presque tous les soirs. Nous nous sommes souvent querellées à ce sujet. Nous en étions arrivées à ne presque plus nous adresser la parole. Je l'ai menacée de prévenir Jef et — excusez-moi, Greetje — elle m'a répondu qu'elle s'en moquait, qu'elle aspirait désormais à autre chose qu'à devenir la femme d'un policier...

Mme de Vos pinça les lèvres. Elle ne pardonnerait jamais à la morte. L'inspecteur reprit la parole.

— Pourtant, quelques heures avant sa disparition, elle a téléphoné à Jef pour lui annoncer qu'elle revenait à de meilleurs sentiments, qu'elle se rendait compte de son erreur...?

— Je suis au courant... C'est même un peu à cause de moi qu'elle a appelé votre garçon. La veille au soir, elle était rentrée en larmes, me demandant pardon, m'avouant qu'elle venait de subir une triste expérience, qu'elle regrettait bien Jef... Je lui ai conseillé d'expliquer tout cela à votre fils, persuadée qu'il l'aimait assez pour lui pardonner des inconséquences dues surtout à sa naïveté... Et voilà. Elle a payé, mais quelles que fussent ses sottises, elle ne méritait quand même pas de mourir!

— Non, Tanalla, elle ne le méritait pas et je vous jure que je m'emploierai de toutes mes forces à trouver son meurtrier.

— J'en suis sûre, Toone.

— Jef n'est pas venu, car il est consigné chez nous par ordre du commissaire de Conninck, sous ma responsabilité. Il aurait désiré revoir Siska une dernière fois et j'ai dû me fâcher pour l'obliger à ne pas bouger de la maison.

— Vous lui direz que, dès qu'il pourra sortir, je serai heureuse de le voir. Peut-être voudra-t-il emporter quelque chose parmi les affaires de ma petite fille?

— Je lui ferai la commission et je suis sûr qu'il y sera sensible. Dites-moi, Tanalla, avez-vous remarqué si, ces temps derniers, Siska portait une écharpe jaune à fleurs noires?

— Oui. Elle a refusé de m'en révéler la provenance. Il m'en coûte de vous l'avouer, mais je suis presque certaine qu'elle avait dû lier connaissance avec un homme marié sans qu'elle s'en doute. Cette révélation, à mon avis, pourrait l'avoir mise dans un état pareil...

— Tanalla, je dois vous prier de me rendre un service. Cela vous ennuierait-il de répéter ces détails au commissaire de Conninck?

— Si vous le jugez nécessaire, je me tiens à votre disposition.

— Merci. Je rentre téléphoner et sitôt que j'aurai l'accord du commissaire, je reviens vous chercher.

Sur le chemin du retour, Greetje confia à son mari :

— Dans le fond, c'est une chance qu'on ait débarrassé Jef de cette petite traînée!

Toone préféra ne pas répondre.

Le coup de téléphone arracha Cyriel de Conninck à sa dégustation d'une gozette aux pommes[1] qu'il arrosait d'un Saint-Croix-du-Mont, un bordeaux liquoreux à souhait. Sa fille, Martine, lui annonça que l'inspecteur de Vos le demandait. De fort méchante humeur — il détestait qu'on lui gâtât son dimanche avec des questions de service — il empoigna l'appareil :

— Qu'est-ce qui vous prend, Toone, de me déranger en un pareil moment?

— Pourriez-vous faire un saut au bureau, monsieur le commissaire?

Horrifié, de Conninck s'exclama :

— Un dimanche? Vous êtes fou!

(1) Chausson aux pommes.

— Un dimanche pas comme les autres, monsieur le commissaire... Ce n'est pas toutes les semaines, heureusement, qu'on tue quelqu'un dans le Muide...

Un peu honteux, Cyriel en convint :

— Bon, ça va... mais Van Daële est de service... Ne peut-il me remplacer?

— Je préfère ne pas avoir affaire à M. Van Daële...

— Ce que vous m'embêtez tous les deux! J'arrive!

De Vos se hâta d'aller quérir Tanalla de Geest et l'emmena à l'Houtdoklaan où ils arrivèrent quelques minutes après le commissaire.

— Mon cher de Vos, ma femme vous en veut à mort de m'avoir dérangé dans un des rares moments où je me consacre aux joies de la famille. Elle attend de moi que je lui rapporte si votre appel était justifié ou non pour voir si elle peut vous excuser! C'est vous qui avez amené Mme de Geest?

— Oui, monsieur le commissaire.

Van Daële souligna :

— L'inspecteur de Vos a, sans doute, l'intention d'inviter tout le Muide à défiler dans votre bureau, monsieur le commissaire.

Toone remarqua que son collègue s'exprimait avec une certaine difficulté. Sa mâchoire devait être encore douloureuse. Cette constatation lui ôta l'envie de répliquer. Quant à Cyriel de Conninck, il déclara sèchement :

— Van Daële et vous, de Vos, j'aimerais que vous cessiez de vous conduire comme des enfants. Nous sommes attelés à la même tâche. Je vous serais obligé de ne pas l'oublier et, surtout, de ne pas me forcer à vous le rappeler une nouvelle fois. Que se passe-t-il, Toone?

— Mme de Geest a bien voulu me révéler quelques détails sur le comportement de sa fille dans les dernières heures qui précédèrent sa mort et j'ai jugé qu'ils étaient susceptibles de vous intéresser.

Sur l'invitation du commissaire, Tanalla répéta ce qu'elle avait dit à de Vos. Quand elle eut terminé, Toone tint à spécifier :

— Ainsi que vous l'avez entendu, monsieur le commissaire, la déposition de Mme de Geest prouve premièrement que la fameuse écharpe jaune à laquelle Greta Pellaers fait allusion existe, quoi qu'en aient pu penser certains; deuxièmement, que le coup de téléphone de Siska à mon fils pour lui donner rendez-vous au Voorhavenlaan n'est pas une invention, comme on l'a insinué; troisièmement, que les sentiments de Siska à l'égard de Jef démontrent que ce dernier n'avait aucune raison de se mettre en colère; quatrièmement, qu'il semble bien que Siska ait été assassinée par cet homme mystérieux qu'elle fréquentait et dont elle venait de comprendre le jeu; cinquièmement, que Malvina Mooring sait beaucoup plus de choses qu'elle n'a cru bon de nous en dire.

Ébranlé, le commissaire réfléchissait.

— Ma foi, je suis tenté de vous suivre, Toone... Qu'est-ce que vous en pensez, Piet?

— Si Mme de Geest n'a été influencée par personne...

— Vous n'allez pas recommencer, Van Daële? Je vous avertis que je ne le supporterai pas!

— En admettant donc que Mme de Geest ait parfaitement interprété les sentiments de sa fille, je dirai que l'écharpe a pu être volée par un passant peu scrupuleux mais, bien que n'étant pas au courant de ce que Siska et Jef se sont dit, il me paraît aventuré d'affirmer qu'ils ne se sont pas disputés, car si le jeune homme ignorait les frasques de celle qu'il aimait, il est possible qu'il en ait très mal pris l'aveu; enfin, c'est bien avec Jef de Vos qu'elle avait rendez-vous et non avec ce mystérieux individu...

Toone l'interrompit :

— Mais elle l'a annoncé elle-même à Jef!

— Du moins, c'est ce que votre fils prétend.

— Si je vous comprends bien, vous tenez à ce que Jef serve de bouc émissaire?

— Je veux trouver le meurtrier, mon cher collègue, et jusqu'à présent, la culpabilité de votre fils m'apparaît logique. Il me faudra autre chose que ce que nous a rapporté Mme de Geest pour que je change d'avis.

Le commissaire donna son point de vue :

— Je garde Greta jusqu'à plus ample informé, mais je ne vous cache pas, Van Daële, que je crois de plus en plus à l'existence d'un assassin encore inconnu. En tout cas, dès demain matin, à l'heure d'ouverture du bureau, je tiens à entendre Malvina Mooring et elle videra son sac, je vous en fiche mon billet! Vous irez la chercher avant qu'elle ne parte à son travail, Piet, et je n'accepterai aucune excuse de sa part au cas où elle refuserait de vous accompagner...

Au déjeuner dominical qui, depuis toujours, réunissait les de Vos et les Maes, Toone se montra de bien meilleure humeur. L'atmosphère de la maison en fut éclaircie et Edmond lui-même se risqua à rapporter quelques histoires de bureau sans se faire houspiller par sa femme. Pour fêter ce dimanche qui s'affirmait une sorte de résurrection, Greetje s'était mise en frais. On commença le repas par des gourmandises Beulemans où la pâte de crêpes moelleuses se fondait avec la béchamel et le jambon; suivait un cabillaud à la flamande avec juste ce qu'il fallait de vin blanc. Un lapin à la brabançonne où la bière se mariait au mieux avec le lard et la moutarde servait de plat de résistance. Justine avait tenu à rapporter le dessert du Kornmarkt où elle était allée chercher des snelkoekjes[1] dont elle savait Toone friand. On but force bière et, après le café, Greetje sortit une bouteille de péquet[2] ramenée quelques années plus tôt d'un voyage à Liège.

Après le repas, Toone fuma sa pipe et lorsque les femmes se furent débarrassées de la vaisselle, on s'installa autour de la table pour jouer aux cartes tandis que Jef suivait à la radio les retransmissions sportives. Une bonne journée.

Vers la fin de l'après-midi, Justine et Greetje s'activèrent à la préparation du dîner tandis que Jef et son oncle entamaient une partie d'échecs. Afin d'être en forme et de faire honneur au repas du soir, de Vos sortit prendre l'air. Il remonta jusqu'à Meulestede et l'église de Saint-Antonius, puis revint sur ses pas. Un peu avant l'entrée de sa rue, il aperçut Joos Mooring. Cédant à une impulsion subite, Toone le rejoignit.

— Salut, Joos...

Peu aimable, l'autre répondit par un grognement où il était loisible d'entendre ce qu'on voulait.

— Vous rentrez chez vous?

— Oui.

Décidé à ignorer la mauvaise grâce de son interlocuteur, Toone déclara gaiement :

(1) Gâteaux aux amandes.
(2) Genièvre fruité.

— Je vous accompagne.

Du coup, Mooring s'arrêta pour regarder soupçonneusement son compagnon.

— Pourquoi?

— Parce que j'aimerais parler à Malvina.

— Qu'est-ce que vous manigancez encore, de Vos?

— Rien dont un honnête homme puisse se formaliser.

— Entendons-nous bien, de Vos, je n'ai aucune sympathie pour vous!

Toone soupira :

— C'est que vous me connaissez mal...

— Mettons, dans ce cas, que je ne tienne pas à vous connaître davantage! Bonsoir!

Le policier rattrapa Mooring par le bras.

— Mais, moi, je tiens à parler à votre fille.

— A quel sujet?

— Vous pourrez écouter notre conversation.

— Et si je refuse?

— Je reviendrai dans vingt minutes avec un papier officiel.

— C'est bon, suivez-moi... Et dire que je croyais la police faite pour nous protéger!

— Elle s'y emploie, Joos Mooring, elle s'y emploie... Il y a quinze ans, si elle n'avait pas été là, vos concitoyens vous auraient fait passer un mauvais quart d'heure... C'est très vilain l'ingratitude, vous savez?

Rageur, l'épicier hâta le pas pour en terminer au plus tôt avec un entretien qui l'humiliait. Prudence Mooring apprit à l'inspecteur que sa fille se trouvait au cinéma en compagnie de Jan Vink, le receveur d'autobus, mais qu'elle ne tarderait pas à revenir. Elle n'offrit pas à de Vos de l'attendre chez eux.

Toone ne s'en formalisa point et descendit tranquillement vers le Muidebrug que Malvina devait obligatoirement emprunter pour rentrer chez elle. Un peu après sept heures, elle arriva, donnant le bras à un jeune géant dont la fierté se devinait dans la manière dont il redressait le torse. Toone aborda le couple.

— Excuse-moi de t'importuner, Malvina, mais j'aurais deux mots à te dire.

A la grimace de la jeune fille, l'inspecteur comprit que sa requête ne lui plaisait pas particulièrement. Le garçon, les bras ballants, ignorant qui était cet homme d'un certain âge qui interrompait son tête-à-tête avec Malvina, ne savait pas quel comportement adopter. Boudeuse, l'héritière des Mooring assura :

— C'est que je suis occupée, monsieur de Vos... Ne pourrions-nous nous voir demain matin?

— Sûrement pas, car demain matin, avant que tu ne partes à ton travail, l'inspecteur Van Daële viendra te chercher pour t'emmener à l'Houtdoklaan où le commissaire de Conninck tient à te poser quelques questions.

Ces précisions parurent l'impressionner désagréablement. Baissant la voix, elle s'enquit :

— Toujours au sujet de Siska?

— Tu étais sa meilleure amie... ne l'oublie pas?

— Oh! sa meilleure amie... N'exagérons pas! Alors, qu'est-ce que vous désirez?

— Essayer de t'éviter des ennuis.

— Et pourquoi aurais-je des ennuis?

— Peut-être parce que tu n'as pas dit tout ce que tu savais l'autre soir lorsqu'on t'a interrogée?

— Je vous jure...

— Ne jure pas, Malvina. Depuis, des témoins se sont présentés au bureau... C'est par eux que nous avons appris que tu pouvais nous apporter encore bien des renseignements...

— Je ne vois vraiment pas... Enfin...

Elle s'adressa à son cavalier servant :

— Jan, je dois bavarder un instant avec Monsieur qui est inspecteur de police, à propos de cette pauvre Siska de Geest... Je n'en ai pas pour longtemps... Voulez-vous m'attendre?

— Bien sûr!

De Vos et Malvina se dirigèrent à pas lents vers le Terneuzenlaan, suivant le bord de l'eau pour n'être pas dérangés.

— Tu n'avais pas indiqué, petite, que Siska portait une écharpe jaune à fleurs noires au cinéma?

— On ne me l'a pas demandé.

— As-tu une idée de celui qui la lui a offerte?

— Pas pour le moment... mais ça me reviendra, peut-être. C'est important?

— Important? Il y en a un qui ne doit pas dormir en pensant que cette écharpe peut nous faire remonter jusqu'à lui... Siska ne t'a pas confié qui était cet homme lui faisant croire qu'il la transformerait en vedette?

— Oh! Siska ne racontait que ce qu'elle voulait bien... Je me doutais qu'elle avait quelqu'un... mais qui? Ça, c'est une autre affaire.

Pas besoin d'être un fin limier pour se rendre compte que Malvina mentait. Pour quelles raisons? Entendait-elle protéger l'assassin? Le connaissait-elle?

— Et Greta Pellaers, Siska en parlait-elle quelquefois?

— Greta? Oh! non... Pourquoi en aurait-elle parlé? Tout le Muide sait que Greta est amoureuse de votre fils, mais que Jef se fiche d'elle...

— En somme, tu ne peux rien m'apprendre de nouveau?

— Non...

— Tu as tort, Malvina, grand tort de jouer ce jeu imbécile... Tôt ou tard, ça te retombera sur le nez!

— Vous m'ennuyez à la fin!

— Le commissaire trouvera le moyen de te faire parler.

— Lui?

Elle eut un léger rire.

— Ça m'étonnerait! C'est fini? Je peux rejoindre Jan?

— File... mais tu n'es pas encore sortie du pétrin, ma fille...

— A vous voir, on ne croirait pas que vous êtes si mauvais!

Un nouvel éclat de rire adoucit ce que cette remarque pouvait avoir de blessant et Malvina Mooring courut retrouver son amoureux.

Toone rentra chez lui passablement irrité. Il avait le sentiment que tout se finirait très vite si seulement les participants du drame, à quelque titre que ce soit, voulaient bien dire la vérité. Mais chacun ne songeait qu'à mentir pour des raisons qui lui échappaient. On s'étonna de lui voir moins d'appétit qu'au déjeuner et, pour échapper à cette amicale inquisition, il dut raconter son entrevue avec Malvina. Greetje en profita pour lancer quelques remarques amères sur les jeunes filles d'aujourd'hui. Justine poussa des exclamations, justifiant ainsi l'intérêt pris au récit de son beau-frère, mais orienta plutôt ses pensées sur ce Jan Vink dont elle recherchait, dans sa mémoire, les tenants et aboutissants familiaux. Edmond partageait l'irritation de Toone qu'il admirait en tout et pour tout et dont il se voulait, chaque fois qu'il en avait l'occasion, un écho fidèle. Seul, Jef parut vraiment affecté. Brusquement, il déclara :

— Ce que Malvina n'a pas osé ou voulu te confier, père, elle me le dira ! Je vais la voir.

— Fais-moi le plaisir de rester tranquille, Jef ! Ton nom n'a été déjà que trop mêlé à cette lamentable histoire et je n'ai pas besoin de toi pour exercer mon métier.

Le garçon regimba :

— Tu oublies que, moi aussi, je suis un flic ?

— Justement, mon petit, temporairement, tu n'en es plus un ! Jusqu'à ce que tu sois lavé de tout soupçon, il est nécessaire que tu te taises et passes inaperçu. C'est le moins qu'on puisse te demander, il me semble ? Beaucoup ne sont pas encore convaincus que tu aies dit la vérité, toi aussi !

— Monsieur l'inspecteur de Vos, par exemple ?

— Au lieu d'ironiser lourdement, tu devrais comprendre que parce que je suis ton père, mon opinion compte peu en ce qui te concerne.

— Une manière comme une autre de ne pas répondre ?

— Tu m'embêtes, Jef. Je te répète que si je te soupçonnais d'être un criminel, tu ne serais pas ici en ce moment. Et si tu cessais de penser à toi, rien qu'à toi, tu pourrais t'intéresser à ceux qui, à cause de toi, sont dans le pétrin.

— Greta ?

— Oui, Greta qui ne se trouve dans cette affaire que parce qu'elle t'aime !

— Drôle d'amour qui la pousse à mentir et à tenter de me mettre dans le bain. Pourquoi persiste-t-elle à assurer qu'elle m'a vu parler à Siska ?

— Parce qu'elle t'a vu ou parce qu'elle s'imagine t'avoir vu. En tout cas, comment nier sa sincérité puisque c'est à cause d'elle qu'elle accepte de passer pour une criminelle? Ton égoïsme me déçoit, Jef...

Greetje voulut se porter au secours de son fils, mais son mari l'arrêta :

— Tais-toi, maman... Notre fils est assez grand pour n'avoir pas besoin qu'on parle à sa place.

Jef se leva.

— Justement, père, et j'en ai assez qu'on décide toujours en mon nom! Demain, j'irai parler au commissaire : ou il me laissera reprendre mon service, ou il aura ma démission!

— ... Ou il te recollera en cellule!

— Cela m'est égal!

Et, sans ajouter un mot, il rentra dans sa chambre où il s'enferma. Après son départ, il y eut un instant de flottement. Comme personne ne pipait mot, Edmond crut de son devoir d'essayer d'arranger les choses.

— Jef est très énervé... Il faut comprendre, n'est-ce pas? Toutes ces émotions par lesquelles il est passé...

— Et nous?

Toone avait répondu sur un tel ton que Maes se tut.

— Nous n'avons pas eu, peut-être, des émotions? Jef ne songe qu'à lui. J'estime cela assez triste...

Justine insinua :

— C'est de son âge, Toone...

— Il n'y a pas d'âge pour se conduire mal!

Greetje rongeait son frein depuis un moment. Elle n'y tint plus!

— Au lieu de défendre ton fils, Toone, tu plaides pour toutes ces petites garces comme si elles étaient tes filles! C'est un peu fort!

— La police n'est pas exclusivement au service de

Jef, comme tu parais le supposer, Greetje. Quant à ces petites garces, comme tu les appelles, je te prie de te souvenir que l'une est morte et que l'autre s'est accusée d'un crime pour protéger notre garçon.

— On ne lui demandait rien... De quoi se mêle-t-elle?

— Elle donne une leçon à Jef qui me paraît en avoir besoin.

Les choses tournant à l'aigre, Justine accueillit avec reconnaissance la proposition d'Edmond de se rendre au cinéma du quartier. Ils partirent très vite, la sœur de Greetje s'excusant de ne pas aider à la vaisselle. Tous deux partis, Greetje gagna la cuisine dont elle ne bougea plus. De Vos alluma sa pipe et s'efforça de lire un ouvrage dont il regardait les pages sans parvenir à fixer son attention. Il se disputait très rarement avec sa femme et, ce soir, il avait de la peine. Une peine qui s'ajoutait à celle causée par son fils et à son énervement à ne pouvoir terminer son enquête en mettant la main au collet de l'assassin de Siska de Geest.

Vers dix heures, Greetje passa dans leur chambre pour se coucher. Son mari l'y suivit.

— Maman, nous sommes idiots de nous quereller. J'aime Jef autant que toi.

— Oui, mais toi, tu n'as pas confiance en lui.

Dans le grand lit, ils échangèrent un bonsoir assez froid et se tournèrent tout de suite le dos.

Toone fut réveillé par un bruit insolite. Il tendit l'oreille mais ne perçut plus rien. Pourtant, intrigué, plus qu'inquiet, il alluma sa lampe de chevet pour regarder sa montre : onze heures. Il se leva doucement, se glissa dans la salle à manger-salon, écouta à la porte de la chambre de son fils, hésita, puis la poussa aussi doucement que possible. Elle s'ouvrait.

Qu'est-ce que cela voulait dire? Dans l'obscurité de la pièce, il essaya d'entendre la respiration de Jef. N'y parvenant pas et mû par son instinct, il donna la lumière. Le lit apparut vide. De Vos jura et rentra dans la salle à manger où sa femme le rejoignait presque aussitôt.

— Qu'est-ce qui arrive, Toone?

— Ce petit imbécile est sorti...

— Pour prendre l'air, peut-être?

— A quoi bon cette comédie, Greetje? Il s'est rendu auprès de Malvina. Fasse le ciel qu'il ne l'ait pas trouvée ou que Van Daële — qui doit rôder par là — ne lui ait pas mis la main dessus.

— Van Daële! Mais ça devient une obsession? Il ne dort donc jamais?

— Rarement, surtout quand il est sur une affaire.

Tout en bavardant, de Vos s'habillait. Lorsqu'il fut prêt, il embrassa sa femme.

— Recouche-toi, maman... J'espère revenir très vite avec Jef.

Dehors, il jeta un coup d'œil circulaire pour se rendre compte si sa maison était surveillée... mais si tel était le cas, on aurait déjà empoigné Jef. Rassuré, il se hâta vers l'épicerie des Mooring. Aucune lumière ne filtrait de l'appartement de Joos. On semblait dormir et ce n'est pas sans une certaine gêne que Toone pensa à l'accueil que lui réserveraient les Mooring arrachés à leur sommeil. De Vos levait le poing pour cogner contre la devanture lorsque Van Daële — encore lui! — surgit à ses côtés.

— Curieuse heure pour une visite?

— Il y a longtemps que vous êtes là?

— Assez, oui.

— Pourquoi?

— Imaginez-vous que je ne tiens pas à ce qu'on

souffle à Malvina Mooring ce qu'elle devra raconter au commissaire demain. Votre arrivée me permet de penser que j'ai bien agi.

— Alors, personne ne s'est présenté?

— Personne.

Toone poussa un soupir de soulagement qui n'échappa pas à son collègue, du coup fort intrigué.

— Puis-je vous demander pour quelles raisons vous vous apprêtiez à réveiller les Mooring?

— Pour rien...

— Vraiment?

— Enfin, pour quelque chose qui ne compte plus. Je rentre chez moi, bonne nuit.

De Vos s'apprêtait à tourner les talons lorsqu'une idée lui vint à l'esprit :

— Van Daële... vous êtes seulement resté devant cette porte ou vous avez fait également une ronde par derrière?

— Je suis resté là...

— Godrerdaeme!

Van Daële ignorait que Malvina habitait une petite pièce indépendante ouvrant directement sur un escalier extérieur débouchant dans la Spadestraat. De Vos fonça, suivi par Piet. Un rayon lumineux passait sous la porte de la chambre de Malvina. On le voyait de la rue. Toone grimpa l'escalier en vitesse avec Van Daële à ses trousses. La porte étant fermée à clef, de Vos frappa. Il lui sembla surprendre un glissement. Il frappa de nouveau et Jef ouvrit. Toone constata le fait sans surprise, il s'en doutait.

— Il a fallu que tu me désobéisses, hein?

Van Daële siffla légèrement avant de dire :

— Mais c'est Jef de Vos, ma parole! Je croyais que vous étiez astreint à demeurer chez vos parents?

Toone s'adressa à son fils :

— Alors, tu es content?

Mais Jef semblait hagard et ne donnait pas l'impression d'entendre ce qu'on lui racontait. De Vos s'en aperçut. Il empoigna son fils par le bras et le secoua :

— Qu'est-ce que tu as?

Le garçon eut une sorte de sanglot rauque :

— Oh! père... c'est... c'est horrible...

Van Daële écarta les deux hommes et pénétra dans la pièce. Le corps de Malvina gisait au pied du lit, encore vêtu de la robe qu'elle portait lors de son entretien avec Toone sur le Terneuzenlaan. Piet appela :

— De Vos, venez donc voir et amenez votre rejeton!

Face au cadavre, Toone eut un haut-le-corps et, instinctivement, se tourna vers Jef. Celui-ci devina la question que son père n'osait pas lui poser.

— Non, père, ce n'est pas moi... Elle était comme ça quand je suis arrivé.

Van Daële rétorqua :

— Vous n'avez vraiment pas de chance avec les filles que vous fréquentez... elles non plus, d'ailleurs...

Il s'agenouilla pour regarder la morte de plus près.

— Elle ne confiera plus rien au commissaire de Conninck... On l'a étranglée avec un lacet...

Il se redressa.

— Je pense que vous serez de mon avis, de Vos, et qu'on pourra relâcher Greta Pellaers dès demain matin, non sans lui avoir passé un savon pour lui apprendre à se foutre de la police.

Toone opina sans mot dire.

— Naturellement, Jef, il n'est pas question que vous rentriez chez vous. Je vous embarque. D'accord, de Vos?

Très las, le mari de Greetje haussa les épaules, résigné. Jef protesta :

— Mais puisque je vous jure que ce n'est pas moi?

— Il faudra le prouver... et je crains que ce ne soit tès difficile.

Toone pensait au désespoir de Greetje. Tout son univers chavirait. Et pourtant, il lui semblait avoir reconnu l'accent de la vérité dans la voix de son fils. Il ne voulait pas qu'on l'arrête. Tout ce à quoi il avait cru, tout ce qui avait constitué sa raison de vivre jusqu'ici craqua d'un coup. Il alla à la porte, mit la clef à l'extérieur, revint vers les deux autres qui le regardaient sans comprendre, se glissa entre Jef et Van Daële qui s'apprêtait à passer les menottes au garçon et, d'une poussée, lança son fils vers la sortie. Jef comprit presque aussitôt. Après une très légère hésitation, il bondit à l'extérieur, tira la porte sur lui et la ferma à clef. Van Daële se jeta à sa poursuite, mais une fraction de seconde trop tard. Il retourna près de Toone.

— Vous êtes content de vous, hein?

— Non.

— Vous vous doutez de ce que ça va vous coûter?

— Bien sûr!

— Et pour quel profit?

— Je ne sais pas... Ça a été plus fort que moi... Vous pouvez me passer les menottes, si cela vous amuse...

— Ne dites donc pas d'idioties... Je rattraperai Jef.

Sortant de sa poche un trousseau de clefs et de pinces, Van Daële crocheta la serrure. Sur le seuil :

— Il va y avoir pas mal de remue-ménage ici dans quelques instants... Inutile qu'on vous trouve là... Filez!

Humilié, déconcerté, Toone passa devant lui.

— Pourquoi faites-vous ça, Van Daële?

— Si Jef était mon fils, j'aurais peut-être agi de la même façon.

CHAPITRE VI

Toone mit un temps infini pour franchir les quelques centaines de mètres séparant le magasin des Mooring de sa maison. Il ressemblait à celui qui, sorti indemne d'un accident ayant coûté la vie à tous ses compagnons, ne réalise pas encore très bien ce qui lui est arrivé. En moins d'une demi-heure, l'existence de l'inspecteur de Vos avait brusquement changé. Que dirait Greetje de cette trahison? Car Toone avait trahi son serment de policier en protégeant la fuite d'un homme soupçonné de crime. Il avait trahi sa femme en se conduisant de telle façon qu'il lui faudrait renoncer à sa retraite, c'est-à-dire aux avantages matériels — sur lesquels Greetje était en droit de compter — d'un métier si longtemps et si honnêtement exercé. Comment vivraient-ils tous les deux? Mais la vraie blessure de Toone et dont il ne guérirait jamais tenait à ce qu'il venait de prendre conscience qu'il n'était pas ce qu'il s'imaginait être. Il ne se serait pas cru capable de céder à cette réaction spontanée, animale, du père défendant son petit. Ainsi, il ressemblait à tous les autres... Son orgueil en souffrait et plus encore du fait que Piet Van Daële, se montrant sous un jour inattendu, avait témoigné d'une certaine noblesse. Ce n'était donc pas seulement sur lui, mais encore sur les autres que Toone de Vos se trompait depuis des années.

Contrairement à son attente, Greetje, mise au courant, ne se répandait pas en imprécations. Elle devinait le désarroi de son époux et cette faiblesse inattendue le rapprochait d'elle. Elle s'agenouilla pour lui passer ses pantoufles, bourra sa pipe, l'alluma et le laissa dans son fauteuil pour aller lui préparer du café. Lorsqu'elle revint, Toone sortait peu à peu de son hébétude. Elle le força à boire. Quand il eut reposé sa tasse, elle prit place en face de lui.

— Maintenant, écoute-moi, Toone...

Dans le regard qu'il leva vers elle, Greetje reconnut ses yeux d'autrefois, du temps où, jeune homme encore timide, il ne savait pas faire sa cour.

— Tu as commis une sottise de taille... Mais elle est commise, il ne sert donc à rien de se lamenter... Si Van Daële adresse un rapport au commissaire, il y a des chances pour que tu aies de gros ennuis... Je t'aiderai à les supporter et nous nous débrouillerons autrement s'ils touchent à ta retraite... Mais je ne pense pas que Van Daële agisse dans ce sens...

— J'ai été injuste envers lui, Greetje.

— Je n'en suis pas tellement certaine.

— Pourtant, la manière dont il s'est conduit à mon égard...

— Ne comprends-tu pas qu'en protégeant la fuite de Jef, tu lui as donné la certitude que tu admettais la culpabilité de notre fils? A quoi bon parler de toi à de Conninck? Qu'est-ce que ça lui rapporterait?

Tu seras à la retraite dans quelques heures, tu n'es plus un obstacle pour lui et l'humiliation que sa générosité apparente t'inflige est la plus savoureuse des victoires. De plus, il est sans doute convaincu que tu es lié par la crainte de ce qu'il peut tenter et aussi par la reconnaissance : tu ne bougeras plus et tu ne te mêleras de rien. Il t'a éliminé, Toone.

Au fur et à mesure que sa femme parlait, de Vos admettait que, par sa faute, il s'était peut-être bien laissé posséder par son collègue. En lui, la colère succédait à l'accablement.

— C'est possible... Je mériterais des claques!

— Maintenant, Toone, dis-moi franchement ce que tu penses. Crois-tu vraiment que Jef soit innocent du meurtre de Malvina?

— Oui, Greetje, je le crois, sa voix avait un accent qui ne trompait pas, ou alors il faudrait qu'il soit un criminel endurci!

— Nous sommes bien d'accord : ce n'est pas le cas, mais, si tu avais foi en son innocence, pourquoi l'as-tu poussé à fuir?

— Parce que l'idée qu'on allait lui passer les menottes m'a été insupportable.

— Non, Toone... Tu as agi de cette façon parce que tu n'es pas sûr qu'il ne soit pas coupable.

Il ne répondit pas. Elle avait raison. Il ne s'en était peut-être pas aperçu sur le moment, mais maintenant...

— A ta place, Toone, je l'aurais laissé emmener. A présent, Jef est dans une situation impossible par ta faute. Il faut l'en sortir.

— Comment?

— En démasquant le meurtrier des deux filles avant que Jef n'ait été retrouvé par Van Daële.

Après quelques heures d'un sommeil fiévreux, les de Vos se levèrent à l'aube. Impatient d'agir, sa toilette achevée, son petit déjeuner avalé, Toone tournait dans l'appartement comme un ours en cage. Vers huit heures, n'y tenant plus, il sortit. Greetje donnait un coup de balai lorsque Justine se présenta dans un grand état d'excitation.

— Greetje, tu es au courant pour Jef?

— Oui.

— C'est abominable! Mais qu'est-ce que nous avons fait au ciel?

— Laisse donc le ciel tranquille... Tu es venue pour quoi, Justine?

— Pour te rassurer.

— Qu'est-ce que tu veux dire?

— Que Jef est chez nous et assez bien caché pour que la police, si elle vient nous ennuyer, ne le déniche pas!

— Il vous a demandé asile... Assieds-toi, Justine et raconte-moi.

Heureuse de son importance, Mme Maes prit son temps.

— Nous rentrions du cinéma, Edmond et moi, et juste comme il ouvrait la porte de notre immeuble, voilà qu'un homme nous rejoint, passe entre mon mari et moi, puis entre dans la maison. J'ai tellement été surprise que j'ai failli crier. Edmond ayant appuyé sur la minuterie, j'ai reconnu Jef, mais un Jef qui n'avait pas sa figure habituelle. Tout de suite, j'ai deviné qu'il se passait quelque chose de pas ordinaire.

Avec Edmond, on l'a emmené jusqu'à notre appartement. Il ne parlait toujours pas. On aurait dit qu'il traînait une sorte de fantôme. C'est seulement quand il a été dans le salon et qu'Edmond lui a eu fait boire un peu de genièvre qu'il a repris ses couleurs et qu'il nous a appris... au sujet de Malvina... C'est affreux. Pauvre gosse... Mais qu'est-ce qui se passe donc dans votre Muide, Greetje? Jef nous a raconté qu'il s'était sauvé. Tu ne connais pas notre grenier? Au fond, il y a une espèce de porte qui ouvre sur un débarras. J'y ai installé un matelas pour Jef. Il ne risque rien. Ne te mets pas en souci, mais Edmond a raison, le mieux serait de l'embarquer au plus vite... Mon mari n'est pas bon à grand-chose, mais pour Jef, tu peux avoir confiance, il se débrouillera. Qu'est-ce que tu en penses?

— Pour l'instant, je ne sais plus trop où j'en suis, Justine. Il faut que je me donne le temps de réfléchir...

— Et Toone?

— Le pauvre, il a vieilli cette nuit plus que dans les dix années qui viennent de s'écouler... Lui aussi, il est un peu perdu. Nous nous attendions si peu... tu comprends?

Mme Maes baissa la voix :

— Greetje, est-ce que tu estimes possible que Jef ait tué cette Malvina?

— Et toi?

— Franchement... ça me dépasse... D'un côté, je ne vois pas notre Jef en train de tuer quelqu'un... mais, d'un autre, ces filles qu'on assassine chaque fois qu'il a rendez-vous avec l'une d'elles...

— Tu vois combien il est difficile de prendre une décision...

— Edmond aimerait pourtant qu'on lui apprenne ce qu'il doit faire. Il cherche un bateau ou non?

— Veux-tu attendre jusqu'à midi? Venez déjeuner, Edmond et toi... Tu laisseras un casse-croûte à Jef... A ce moment-là, nous déciderons...

— Entendu... Ne te ronge pas trop les sangs, ma pauvre Greetje... On est là... On se serrera les coudes...

Les deux sœurs s'embrassèrent et Justine s'en fut dans le cliquetis de ses bracelets et de ses sautoirs, car les événements, même les plus graves, ne pouvaient l'empêcher de revêtir son harnachement tintinnabulant.

Restée seule, Greetje reprit son travail ménager, mais elle n'avait guère le cœur à l'ouvrage. De temps à autre, elle suspendait ses gestes pour regarder la photographie de son fils qui trônait sur la cheminée entre celles de son père et de sa mère. Greetje s'approcha, fixant intensément ce visage figé dans un sourire stéréotypé mais auquel sa propre imagination, s'appuyant sur des milliers et des milliers de souvenirs, donnait une chaleur inventée. Pouvait-on décemment admettre que le petit garçon dont sa maman était si fière lorsque, prenant le tramway, elle l'emmenait jouer au Koning Albert Park, puisse avoir assassiné quelqu'un? Mme de Vos savait que les enfants, à l'insu des parents, deviennent des hommes comme les autres, mais, tout de même, Jef aurait-il changé à ce point sans qu'elle s'en aperçût? C'est en se rappelant le gamin d'autrefois que Greetje gardait sa confiance au garçon d'aujourd'hui. Dans l'esprit de la mère, des tas de petits Jef se portaient garants de l'innocence du grand Jef que l'on pourchassait. Elle les crut. Plantant là son balai, sa pelle et son chiffon, elle se lava soigneusement, se fit aussi belle que si elle se rendait à une noce et, ayant revêtu la robe offerte par Toone pour Noël, elle revint vers la photographie de son fils et lui chuchota :

— Il ne faudra pas m'en vouloir, Jef... c'est pour ton bien...

Avant de partir, elle laissa un mot pour son mari, lui indiquant qu'elle ne serait pas longtemps absente.

Au bureau de l'Houtdoklaan, le commissaire de Conninck menait un drôle de train. Bien que toutes les formalités policières se fussent déroulées régulièrement et sans la moindre anicroche, il reprochait à Van Daële de ne pas l'avoir réveillé pour lui apprendre l'assassinat de Malvina Mooring. Dans son rapport, si Piet notait la présence de Jef, il ne soufflait mot de celle de Toone. De Conninck s'effrayait de la responsabilité encourue en relâchant un garçon que tout accusait aujourd'hui comme étant l'auteur de ce second crime et donc, par voie de conséquence, le faisait fortement soupçonner d'être aussi le meurtrier de Siska de Geest. Jef, demeuré sous les verrous — même symboliques — du bureau de police, Malvina serait peut-être encore en vie... Bouleversé par un remords cuisant, le commissaire ne décolérait pas.

— Je me demande comment vous avez pu le laisser échapper, Piet ?

— Il est jeune, souple... il m'a glissé entre les doigts.

— Oui... enfin, je serais mal venu de vous adresser des reproches... n'est-ce pas ? Mais, répondez donc !

— Que voulez-vous que je vous réponde, monsieur le commissaire ?

— Dites ce que vous avez sur le cœur! Que je suis un imbécile de ne pas vous avoir écouté! Que j'ai été idiot de relâcher Jef de Vos! Allez-y!

— Mais non, monsieur le commissaire, puisque Greta Pellaers s'étant reconnue coupable...

Se dressant d'un élan, de Conninck bondit à la porte, l'ouvrit brutalement et hurla :

— Isidoor!

Presque aussitôt la voix de Steger monta :

— Monsieur le commissaire?

— Amenez Greta Pellaers!

Grâce aux soins de sa mère, Greta ne semblait pas avoir beaucoup souffert de son stage prolongé dans les locaux de l'Houtdoklaan. Dès qu'elle fut entrée, de Conninck la gratifia d'un : « Asseyez-vous! » raide comme un coup de trique.

— Alors, mademoiselle, vous êtes au courant de ce qui s'est passé cette nuit?

— Non, monsieur le commissaire.

— Votre ami, Jef de Vos, que j'ai libéré à cause de vous, a étranglé Malvina Mooring pour l'empêcher de venir ce matin m'apporter les révélations que j'attendais d'elle!

— Ce n'est pas vrai!

— Je n'ai pas pour habitude de mentir, mademoiselle!

— Je vous demande pardon, monsieur le commissaire, mais je ne puis croire que Jef...

— Moi aussi, je me refusais à le croire, et voilà le résultat!... Vous nous avez menti, n'est-ce pas?

Elle baissa la tête sans répondre.

— Vous aimez beaucoup Jef de Vos?

Son oui fut si faible que les deux policiers le devinèrent plus qu'ils ne l'entendirent.

— Et c'est pour le protéger que vous vous êtes dénoncée? Allons, à quoi bon continuer ce jeu, puisque le meurtre de Malvina suffira à le condamner? Vous vous êtes accusée parce que vous saviez que Jef avait tué Siska de Geest... est-ce que je me trompe?

Son silence était un aveu.

— Vous rendez-vous compte que vous êtes passible d'être convaincue de complicité d'assassinat en tentant d'égarer la justice?

Greta avait peur.

— L'inspecteur Van Daële et moi-même serions disposés à passer l'éponge si, en échange, vous nous apportiez votre concours.

Elle releva la tête.

— Comment?

— En nous disant pour quelles raisons vous êtes persuadée de la culpabilité de Jef de Vos quant à la mort de Siska?

Elle hésita, mais, à présent qu'on recherchait Jef pour un autre crime, tout n'avait plus beaucoup d'importance.

— Je l'ai vu parler à Siska et la frapper.

Van Daële et le commissaire échangèrent un coup d'œil. Ils avaient gagné.

— L'avez-vous vu tuer Siska de Geest?

— Non... il l'a frappée au visage et essayé de l'étrangler avec son foulard... mais elle s'est échappée et il s'est lancé à sa poursuite. C'est alors que je me suis sauvée.

— Avez-vous remarqué si Jef tenait une arme quelconque à la main?

— Non.

— Avez-vous aperçu son visage?

— Non, il me tournait le dos.

— Dans ce cas, comment pouvez-vous être certaine qu'il s'agissait bien de lui ?

— J'ai reconnu sa silhouette et son costume gris... et puis, il avait rendez-vous avec Siska à cet endroit-là.

— Quand nous aurons arrêté Jef, nous vous demanderons votre témoignage. Rentrez chez vous et ne vous amusez plus à jouer les héroïnes au grand cœur, cela pourrait vous coûter cher. Si l'inspecteur Van Daële n'avait pas insisté, je vous aurais fait signer votre déposition samedi et il eût été impossible d'arrêter l'affaire.

Lorsque Greta Pellaert les eut quittés, de Conninck décida :

— Et maintenant, Piet, ramenez-moi Jef mort ou vif, hein ?

— Comptez sur moi !

— Et puis, il y a quelqu'un à qui je ne serais pas fâché de dire un mot : Toone de Vos ! J'aimerais l'entendre m'expliquer pour quelles raisons il n'a pas surveillé son fils... Alors, si vous le rencontrez, Van Daële, ordonnez-lui — je dis bien, ordonnez-lui — de se rendre immédiatement dans mon bureau, et si vous n'avez pas l'occasion de le voir, passez chez lui.

— Entendu, monsieur le commissaire...

Van Daële se retirait lorsque Isidoor Steger entra pour annoncer au commissaire que Mme de Vos demandait à lui parler. De Conninck hésita.

— Qu'est-ce que vous en pensez, Van Daële ?

— Pas très malin à deviner ! Elle vient pleurnicher sur son fils et solliciter votre indulgence, votre compréhension, etc...

— Dans ce cas, elle eût été mieux inspirée de ne pas se déranger! Introduisez-la, Isidoor.

L'air malheureux, Isidoor Steger fit entrer Mme de Vos. Le commissaire ne se perdit point en salutations protocolaires. Tout de suite, il fonça :

— Madame, vous comprendrez aisément que votre présence dans le bureau, étant données les circonstances, est pour le moins inopportune?

— Pas si c'est pour aider la police?

— Pardon?

Elle montra Van Daële.

— Monsieur est convaincu que mon fils est un assassin et il le laisse échapper. Moi, je suis persuadée que mon fils est innocent, et c'est pourquoi je vous le livre!

Ils la regardèrent, stupéfaits.

— Toutefois, monsieur le commissaire, je vous prie instamment de ne pas inquiéter ceux qui ont abrité Jef... en toute innocence.

— Soit! Vous avez ma parole. Où est-il?

— Chez mon beau-frère, Edmond Maes, où il s'est présenté au petit matin. Il est caché dans le deuxième grenier. D'ailleurs, vous n'aurez qu'à dire à Edmond que vous êtes au courant. Il s'inclinera tout de suite.

— Vous connaissez l'adresse, Van Daële?

— Oui, monsieur le commissaire.

— Alors, dépêchez-vous...

Piet s'inclina légèrement devant Greetje avant de sortir. Toute sa grande colère envolée, Cyriel de Conninck, redevenu le bon gros que chacun appréciait, ne savait plus que dire.

— Naturellement, madame, je vous remercie...

Votre mari est-il au courant de votre démarche?

— Non, monsieur le commissaire.

— Permettez-moi de... de m'étonner... de votre courage. Vous risquez...

Elle l'interrompit :

— Je risque de perdre l'affection de mon fils et de mon époux? C'est bien cela, n'est-ce pas? Mais, croyez-vous que j'agirais ainsi si je doutais de l'innocence de Jef? Il se peut que mon garçon et Toone m'en veuillent sur le moment, mais je compte sur vous pour me rendre la tendresse des miens en arrêtant au plus tôt le vrai meurtrier de Siska de Geest et Malvina Mooring.

En sortant de chez lui, Toone se rendit chez Jan Vink, le dernier compagnon de Malvina, pour l'interroger, mais ce dernier était parti à son travail et roulait entre Mont-Saint-Amand et Merebelke sur son autobus B. Un peu désemparé, de Vos regagna le Muide. Après la mort de Siska, il n'avait éprouvé aucune appréhension à braver l'opinion du quartier. Cette fois, il n'en était pas de même. Dès qu'il apercevait un visage familier, il changeait de trottoir ou se glissait dans une rue adjacente. Bien entendu, les journaux titraient grassement en première page sur le drame de Muidepoort et les reporters, sevrés de détails, avaient largement fait appel à leur imagination. On rappelait que Jef était déjà soupçonné du meurtre de Siska et l'un des rédacteurs demandait pour quelles raisons on l'avait relâché. Toone pensa à la colère de Cyriel de Conninck en lisant cet article. Il ne voulait pas aller à l'Houtdoklaan; non pas qu'il craignît tellement les reproches du commissaire, mais il se doutait qu'on lui imposerait de ne plus se mêler de rien. L'inspecteur se persuadait qu'en dehors de lui, personne n'aiderait Jef à se tirer du pétrin.

Quand il vit Hilda Vanhuelle, de Vos essaya une fois encore de s'esquiver, mais la forte femme l'ayant aperçu de loin le héla. Ne pouvant se dérober, il attendit. Hilda abandonna sa voiturette pour rejoindre son vieil ami.

— Toone, est-ce que je peux quelque chose pour toi?

— Non, Hilda...

— Ils ont arrêté ton fils?

— Pas encore.

— Pourquoi s'acharnent-ils après lui?

— Ils font leur métier.

— Le métier des policiers n'est pas de poursuivre des innocents!

— Hilda, qu'est-ce qui te pousse à penser que Jef est innocent?

— Parce qu'il est ton fils, tiens!

Hilda se remit dans les brancards de sa voiture. Toone, à sa hauteur, l'accompagnait. Elle gagna le Muidepoort, à l'angle de la Zeilstraat, et commença à vendre ses pommes de terre frites tout en continuant à bavarder avec Toone.

— Ils te connaissent bien tous, à l'Houtdoklaan... alors pourquoi n'ont-ils plus confiance en toi?

— Ils n'ont peut-être pas tort, tu sais...

— C'est pas à moi qu'il faut raconter des choses pareilles! Tiens, Goedele!

Toone s'écarta un peu et, à moitié caché par les montants de la voiturette, observa la sœur de Deeske.

— Bonjour, Hilda... Donnez-moi une portion de frites?

— Voilà...

Tout en remplissant le cornet de papier, la marchande remarqua :

— Vous n'avez pas mis votre belle écharpe jaune, aujourd'hui?

Ce fut comme si elle frappait Goedele au visage. La sœur de Deeske s'empourpra et cria :

— Qu'est-ce que vous racontez, Hilda?

Surprise, Mme Vanhuelle la regarda :

— Je parlais de votre écharpe jaune à fleurs noires.

— Vous mentez! Vous êtes une sale femme! Je n'ai jamais eu d'écharpe jaune!

— Comment?... Eh bien! elle est raide, celle-là! Même que je vous ai dit qu'on aurait cru de la vraie soie!

— Menteuse! Menteuse!

De Vos se montra :

— Êtes-vous tellement certaine qu'Hilda ment, Goedele?

La vue du policier parut frapper la jeune fille d'épouvante.

— Vous!

La peur se mêlait à la colère pour provoquer une véritable crise de nerfs.

— J'aurais dû m'en douter! Et celle-là qui vous aide à tourmenter les gens sans défense! Un sadique, voilà ce que vous êtes! Un sadique!

Apitoyé, de Vos la contemplait tandis qu'Hilda, peu encline à supporter les algarades, se rebiffait :

— Non mais, écoutez-moi cette mijaurée! Ça voudrait vous faire prendre des vessies pour des lanternes, ma parole ! Parfaitement, que vous portiez une écharpe jaune à fleurs noires autour du cou la dernière fois que vous m'avez acheté des frites ! J'ai pas la berlue, sans blague !

Pleurant, criant, hoquetant, bavant, Goedele offrait un spectacle pitoyable. Les badauds, alléchés par l'aubaine, accoururent. Toone recula un peu, confiant dans la vigueur oratoire de son amie pour tenir tête à l'opposition, si elle se manifestait. Or, elle se manifesta très vite en la personne de Loder Baeyens.

— Qu'est-ce qu'il y a, Goedele ?

Elle tendit un doigt tremblant en direction d'Hilda et de Toone, bégayant :

— C'est... c'est eux ! Ils m'en veulent ! Ils essaient de me tromper !

Hilda hurla :

— Loder Baeyens, vous feriez mieux d'emmener cette folle, qui donne un triste spectacle !

Le cafetier secoua la tête, l'air peiné.

— Vous devriez pas insulter vos concitoyens, Hilda Vanhuelle... Mlle Poelman n'est pas folle le moins du monde, seulement elle est torturée par un individu qui, sous prétexte qu'il appartient à la police, se croit tout permis !

De Vos s'avança :

— C'est pour moi que vous dites ça, Baeyens ?

— Oui, c'est pour vous, inspecteur !

Un frisson courut parmi les spectateurs. Jamais encore il ne s'était rencontré quelqu'un pour parler sur ce ton à Toone de Vos. On redoubla d'attention. Mais Toone n'avait plus envie de se battre. Il comprenait, au silence des autres, que le Muide commençait à lui tourner le dos. Il sentit qu'Hilda le regardait, surprise par son inhabituelle passivité. Pour elle, il tenta un effort auquel il ne croyait plus :

— Rentrez donc chez vous, Baeyens, ou je vais me fâcher!

Le cafetier eut un gros rire et, parlant davantage pour les curieux que pour son interlocuteur, il répliqua :

— Et qu'est-ce que vous voulez que ça me foute, que M. de Vos se mette en colère ou non? Je rentrerai chez moi si ça me plaît; j'ai pas d'ordre à recevoir du père d'un assassin!

Toone se jeta sur Baeyens, mais Hilda avait été plus prompte que lui. Armée de l'égouttoir, elle fonça sur Baeyens qui recula :

— Voyou! Crapule!

Par-dessus son ennemi, qui levait les bras pour se protéger des coups qu'elle lui assenait, Hilda s'adressait à la foule :

— Comment, vous tolérez que cet individu, à qui vous voudriez seulement pas serrer la main, se permette d'insulter un homme que vous connaissez tous?

Hilda était très populaire. Son cri de ralliement allait être entendu lorsque Deeske apparut. Tout de suite, il se précipita dans la bataille.

— L'écoutez pas! Elle est de mèche avec lui! Tous deux, ils s'entendent pour essayer de mettre les crimes de Jef de Vos sur le compte d'un autre! Ma sœur aussi, vous la connaissez! Qui dirait que c'est une mauvaise personne? Et, pourtant, de Vos cesse pas de la tracasser parce qu'il sait qu'elle est sans défense! Mais on verra s'il fera encore le malin quand son rejeton passera devant les assises.

Écœuré, Toone se taisait. On ne discute pas avec un Deeske Poelman, quand on s'appelle Toone de Vos... Hilda, désemparée, retourna à sa voiturette. Certain du triomphe, Deeske ne s'arrêtait plus :

— Il y a assez longtemps qu'il nous casse les pieds, le de Vos, hein, Baeyens? Il n'y en avait que pour lui! Il se prenait pour le roi du Muide! Mais, regardez-le donc, maintenant... Il a la trouille, le costaud de l'Houtdoklaan!

Soudain, Deeske sentit quelque chose lui agripper le col, tandis que ses pieds quittaient le sol. Le boucher, Fons Depauw, le levait à bout de bras, tout en disant de sa grosse voix paisible :

— Tu la fermes, ta grande gueule, dis, saloperie! Tu la fermes ou si tu tiens à ce que je te la ferme?

On riait de voir Deeske gigoter vainement au bout de l'énorme bras du géant. Toujours prête à admirer les exploits physiques, la foule donnait raison au plus fort. Quelqu'un suggéra :

— Tu devrais aller lui faire prendre un bain dans le canal, Fons!

Cette proposition parut recueillir aussitôt de nombreux suffrages. Personne ne se souciait plus de Goedele que Baeyens, voyant le vent tourner, ramenait chez lui en piteux état. Rayonnante, Hilda encourageait le boucher :

— Hardi, Fons! Montre-leur comment on traite les crapules de cette espèce!

Vert de peur, Deeske se demandait avec inquiétude ce qu'attendait Baeyens pour intervenir. L'arrivée de Joos Mooring le sauva. Le marchand de beurre, œufs et fromages, pâle, les traits tirés, les yeux rouges, par sa seule présence ramena le silence. Depauw lâcha Deeske.

— Vous avez pas honte, tous, tant que vous êtes, de mener ce tapage à quelques pas de la chambre où repose ma petite fille? Ma petite fille qu'on m'a tuée?

Chacun baissa la tête et ceux des derniers rangs s'esquivèrent discrètement.

— Quant à vous, de Vos, il faut que vous sachiez que ma femme et moi, on vit plus que pour voir votre assassin de fils recevoir le châtiment de son crime!

Si Mooring avait crié, on ne l'aurait peut-être pas écouté, mais il parlait d'une voix grave, et les larmes qui mouillaient ses joues achevaient de donner à son intervention une intensité pathétique. Le grand Fons Depauw, lui-même, paraissait encombré de son gros corps. Parce qu'il était plus vieux que la plupart de ceux réunis autour de la voiturette d'Hilda, le droguiste Gustaaf de Groot n'attachait pas à la mort cette solennité que les autres respectaient. La disparition de la jeune Malvina, pour si regrettable qu'elle fût, n'empêchait pas de Groot de mépriser Mooring et d'estimer de Vos.

— On comprend votre peine, Joos, mais croyez-vous qu'elle sera plus légère parce que vous vous montrerez injuste envers Toone de Vos? La mort de votre fille est un grand malheur, mais elle ne suffit pas pour que nous reniions l'amitié nous liant à Toone depuis longtemps.

Amer, Mooring répliqua :

— Vous aussi, vous le défendez, Gustaaf?

— Comme je vous ai défendu, en 1945, Joos, lorsque ceux-là qui vous écoutent aujourd'hui voulaient vous pendre.

Ce rappel des événements passés dissipa l'auréole

accompagnant Mooring. On se mit à le regarder de travers et il y eut des femmes pour murmurer que le ciel faisait toujours payer, un jour ou l'autre, les crimes impunis. Joos perçut le revirement. Il chercha une retraite honorable.

— Je n'ai rien contre vous, Gustaaf, mais je peux pas vous donner raison... Le fils de cet homme a tué Malvina... Comment voulez-vous que je lui pardonne ?

Deeske profita de cette réplique pour tenter de rallumer la querelle :

— Si on met la main sur Jef, y a qu'à le lyncher tout de suite !

La gifle que lui assena Depauw claqua comme un coup de fouet. Assommé, Poelman tituba tandis que ses voisines se récriaient à la vue du sang coulant de son nez. Deeske hurla :

— Assassin !

Perdant toute prudence, il se rua sur le boucher qui n'eut qu'à tendre le bras pour le renvoyer au sol. L'écume aux lèvres, il se releva une fois encore, mais la foule s'écarta quand on le vit sortir un couteau de sa poche. Hors de lui, il beugla :

— Je te crève, Fons !

Mais avant que Poelman se soit élancé, Piet Van Daële se dressa entre le boucher et lui.

— Donne-moi ce couteau, Deeske.

— Mais...

— Donne-moi ce couteau !

Vaincu, le voyou tendit son arme à l'inspecteur qui l'empocha.

— Et, maintenant, file !

Deeske s'éclipsa sans demander son reste. Van Daële s'adressa à Depauw :

— Je vous aurais cru plus raisonnable... Quant à vous, Joos Mooring, je vous ai entendu. Tant que le meurtrier n'a pas été désigné comme tel par la justice, vous n'avez personne à accuser. Que ce soit bien entendu, n'est-ce pas!

Et, apostrophant les badauds :

— Tout le monde vit donc de ses rentes, dans le Muide, que vous êtes là à perdre votre temps?

Les curieux, déçus et un peu honteux, se dispersèrent. Hilda lança à l'adresse de Van Daële :

— Pourquoi vous arrêtez pas ce bandit de Deeske Poelman?

— Si on vous le demande, vous répondrez que vous n'en savez rien.

Hilda Vanhuelle entendait garder le dernier mot et sur un ton perfide :

— Excusez-moi, monsieur l'inspecteur, j'ignorais que Deeske était de vos amis.

Van Daële pinça les lèvres et Toone aurait ri volontiers si la remarque de son amie n'avait répondu à ses propres préoccupations. Pourquoi Piet Van Daële s'employait-il toujours à sauver Poelman?

— Je vous emmène, de Vos?

Cette question coupa court à ses réflexions.

— Oh! oh!... dois-je comprendre que vous m'arrêtez?

— Ne dramatisez pas... Simplement, le commissaire veut vous voir.

— Il faut que je vous envoie chercher quand je veux vous parler?

Ayant congédié Van Daële, de Conninck, en tête à tête avec de Vos, libérait sa rancœur..

— J'ignorais, monsieur le commissaire...

— Vraiment? Vous ne savez pas que Malvina Mooring a été assassinée cette nuit dans sa chambre et que les plus graves soupçons pèsent à nouveau sur votre fils?

— Si.

— Et le devoir d'un inspecteur de police, dans un pareil cas, n'est-il pas de se rendre à son bureau pour savoir si l'on a besoin de lui?

— Sans doute.

— Pourquoi suis-je donc obligé d'expédier quelqu'un à votre recherche?

— Trouver l'assassin compte plus pour moi, aujourd'hui, que le respect des horaires de bureau.

— Parce que vous estimez que nous, nous ne nous en soucions pas de le trouver, cet assassin?

— Ce n'est pas ce que j'ai voulu dire...

— En tout cas, c'est ce que vous avez laissé entendre. Je vous ferai remarquer, de Vos, que si vous aviez respecté les engagements pris à mon égard concernant votre fils, nous n'aurions peut-être pas un nouveau meurtre à déplorer?

— Ça, c'est la thèse de Van Daële!

— C'est aussi la mienne, figurez-vous!

— Je le regrette, monsieur le commissaire...

— Qu'est-ce qui vous arrive, Toone?

— Il m'arrive, monsieur le commissaire, que non seulement mon fils est compromis dans une histoire des plus dangereuses, mais encore que tous mes efforts pour tenter d'arriver à la vérité sont contrecarrés par Van Daële!

— Qu'est-ce que vous me chantez là?

Toone exposa tout ce qu'il avait sur le cœur à

propos de Van Daële. Il rapporta la scène l'ayant opposé à son collègue. Il souligna le fait qu'à chaque fois où il mettait Deeske Poelman dans une situation embarrassante, Piet se montrait pour le sauver. Il l'accusa encore de vouloir la peau de Jef pour, à travers le fils, atteindre le père, et de négliger la poursuite du vrai coupable, afin de s'acharner sur les de Vos.

Lorsqu'il eut terminé son réquisitoire, de Conninck, un peu décontenancé par ces révélations, remarqua :

— J'étais loin de me douter que vos rapports avec Van Daële atteignaient à ce degré d'incompréhension! Je suis persuadé que vous vous montez la tête, Toone. Piet, je le reconnais, est un brutal, un têtu. Mais, mettez-vous à sa place? Tout désigne votre fils, pourquoi refuserait-il de le tenir pour coupable? Quoi que vous en puissiez prétendre, je considère, jusqu'à preuve du contraire, Piet Van Daële pour un excellent policier et surtout pour un policier honnête, incapable d'une action vile. Vous êtes braqué contre lui parce que votre fils est en cause. Qu'il vous jalouse, c'est possible, mais ce n'est pas une raison pour le soupçonner d'infamie! Vous m'avez habitué à plus de pondération dans vos jugements!

— Je pensais bien que vous ne me croiriez pas...

— C'est ça! Et en sortant d'ici, vous vous persuaderez que je suis complice de Van Daële pour faire payer à un innocent les crimes soi-disant commis par un autre! Vous ne deviendriez pas fou, Toone, par hasard? Auriez-vous perdu la mémoire de toutes les années passées côte à côte, années pendant lesquelles je ne pense pas vous avoir donné l'occasion de vous plaindre de mon autorité? Nul plus que moi ne souhaite que Jef puisse démontrer son innocence et je vous donne ma parole que, dans les limites de la loi, j'agirai de mon mieux pour l'aider.

L'inspecteur ironisa :

— Quand vous l'aurez retrouvé ?

— Mais nous l'avons retrouvé, Toone. Il est dans la cellule, sous la surveillance d'Isidoor.

Désemparé par cette nouvelle, de Vos balbutia :

— Vous... vous l'avez... retrouvé ?

— Grâce à votre femme venue nous révéler que Jef se cachait chez votre beau-frère, Edmond Maes.

Greetje avait livré leur fils ! Toone entendait ce que lui disait de Conninck, mais les mots ne parvenaient pas jusqu'à son cerveau. C'était tellement stupide, tellement monstrueux... Greetje trahissant Jef ? Grotesque ! Le commissaire, à qui le désarroi de l'inspecteur n'échappait pas, en eut pitié :

— Reprenez-vous, de Vos. En agissant de la sorte, votre femme a prouvé sa confiance dans votre fils et je dois avouer que, depuis cette visite, ma certitude de la culpabilité de Jef est quelque peu ébranlée.

Toone arriva chez lui en même temps que les Maes. Justine, affolée, rapporta que les policiers ayant fait irruption dans leur appartement, l'avaient sommée de les conduire au grenier où ils s'étaient tout de suite dirigés vers la cachette de Jef. Ce dernier, surpris par leur apparition, n'eut pas le temps d'esquisser le moindre geste de défense. Justine ne comprenait pas comment et par qui la police avait été renseignée. Quant à Edmond, il se lamentait. Bien que Van Daële ne l'ait pas menacé, il se doutait qu'il pouvait être poursuivi pour recel de malfaiteur, voire en complicité d'assassinat, éventualité l'inclinant à craindre pour sa place, car chez Smithers, on ne plaisantait pas avec la moralité. Que deviendraient-ils, Justine et lui, si on le privait de son gagne-pain? Greetje le rassura :

— Tu n'as rien à redouter, Edmond. Le commissaire m'a promis de ne pas t'inquiéter.

— Le commissaire t'a...? Mais tu étais donc au courant?

— C'est moi qui lui ai indiqué la cachette de Jef.

Ils la regardèrent, incrédules. Puis ils portèrent leurs yeux sur Toone dont l'attitude leur confirma que Greetje disait la vérité.

— Je sais ce que vous pensez, les uns et les autres. Ne croyez pas que je sois devenue folle ou que j'aime moins mon fils! Mais, pour moi, Jef est innocent; s'il ne l'était pas, il ne serait plus mon enfant. Je veux qu'il soit lavé publiquement des soupçons pesant sur lui et, pour cela, j'ai estimé qu'il devait cesser de fuir. On ne se cache pas quand on n'a rien à se reprocher!

Edmond et Justine prirent très mal ces explications. Ils accusèrent Greetje de les avoir trahis. Ils jurèrent que cela leur serait une bonne leçon pour l'avenir et que, désormais, ils y regarderaient à deux fois avant de rendre service. Justine eut des mots très durs à leur égard. Finalement, tous deux partirent, refusant de partager le repas des de Vos. Le silence succéda alors au tumulte et Greetje demanda à son époux :

— Tu penses comme eux, Toone?

Il préféra ne pas répondre et, lui aussi, sortit sans toucher au déjeuner.

De Vos se reprenait. Après le moment de faiblesse

manifestée au commissariat, le vieux lutteur réapparaissait. Sa colère contre Greetje s'amenuisait et il commençait à admettre qu'elle lui donnait peut-être une leçon. En tout cas, maintenant que Jef se trouvait sous les verrous, il n'y avait plus de temps à perdre. Toone misa sur le fait que la police officielle ignorait vraisemblablement les relations de Jan Vink, le receveur d'autobus, avec Malvina. Il se rendit à la station de Merelbeke et il eut la chance d'y arriver au moment où Vink achevait sa tâche. Le garçon reconnut tout de suite le policier et pensa qu'il venait l'interroger.

— Vous savez, monsieur l'inspecteur, je n'ai appris la mort de Malvina qu'il y a une heure environ, en jetant un coup d'œil sur un journal laissé dans le bus par un voyageur... J'allais me rendre à l'Houdoklaan.

— Vous irez pour votre déposition, Vink... Mais auparavant j'aimerais avoir une petite conversation à titre privé avec vous?

Jan ne souleva aucune difficulté et les deux hommes s'attablèrent dans un petit café où, tout en buvant de la bière, de Vos interrogea l'amoureux de Malvina.

— Quand elle vous a eu rejoint, hier soir, après m'avoir quitté... elle ne vous a pas paru changée?

— Si... Très énervée... Elle n'écoutait plus ce que je lui racontais... Elle avait la tête ailleurs, quoi... Si bien que j'ai fini par lui demander ce qui lui était arrivé... Alors, elle m'a pris le bras, elle l'a serré en me chuchotant : « Bientôt, nous serons riches, Jan! »

— Qu'entendait-elle par là?

— Justement, c'est la question que je lui ai posée. Il faut que je vous dise, monsieur l'inspecteur, que Malvina, sous ses dehors un peu en l'air, c'était une brave fille... Je crois qu'elle m'aimait. On devait se marier. Ça peut vous étonner qu'une fille d'épicier aussi bien installé que Joos Mooring puisse jeter les yeux sur moi, mais Malvina, on la prenait à tort pour une écervelée. Elle savait calculer. Elle jugeait qu'elle pourrait tenir seule l'épicerie après que ses parents se seraient retirés et que mon métier de fonctionnaire, sans être très brillant, nous assurerait toujours de quoi vivre en cas de coup dur. Un appoint en quelque sorte.

— Oui, mais revenons à hier soir?

— Alors, elle m'a expliqué qu'elle n'irait pas au bal avec moi malgré sa promesse, parce qu'il lui fallait essayer de voir quelqu'un qui, sans doute, lui donnerait pas mal d'argent, mais sans me dire pour quelle raison... Ça me plaisait pas beaucoup, mais Malvina avait son caractère... Nous nous sommes quittés un peu fâchés. Voilà, monsieur l'inspecteur, c'est tout.

Toone ne crut pas utile de révéler à Vink que Malvina espérait vraisemblablement faire chanter quelqu'un et que ce quelqu'un avait préféré la réduire au silence. Malvina n'était peut-être pas exactement la brave fille que Jan supposait. Mais à quoi bon le lui apprendre?

Toone regagna le Muide la joie au cœur. Enfin, une lueur apparaissait dans cette nuit où il se débattait depuis la mort de Siska. Il ne doutait plus que l'assassin de la petite de Geest ne se fut débarrassé de Malvina dont il craignait les confidences possibles et, pour de Vos, cet assassin mystérieux avait les traits de Deeske Poelman.

Ayant repris son sang-froid, Edmond Maes était revenu auprès de sa belle-cœur pour lui exprimer ses regrets de s'être laissé aller à la colère et la prier de l'excuser. L'humeur enjouée de Toone arrangea vite les choses et, pardonnant aussi bien à sa femme qu'à son beau-frère, il leur fit part des renseignements fournis par Jan Vink. Greetje se contenta d'affirmer :

— Je savais que Jef était innocent!

— Attention, Greetje! C'est ta conviction, c'est la mienne aussi mais elles ne serviront à rien tant que je n'aurai pas démasqué le coupable.

— Tu as bien une idée là-dessus? Je le devine rien qu'à ton air satisfait.

— Ma foi... J'estime que Deeske Poelman est tout désigné.

— Et pourquoi aurait-il assassiné ces malheureuses?

— Parce qu'il se pourrait bien que Deeske exerçât l'un des plus vilains métiers du monde. Quelque chose me souffle qu'il est à l'origine de la disparition de certaines demoiselles fort imprudentes. Qu'en penses-tu, Edmond?

Maes hésita et, comme toujours, lorsqu'on lui demandait son avis, il prit un air malheureux :

— Si j'étais toi, Toone, je me méfierais.

— Me méfier? Et de quoi?

— De Van Daële... Plus ça va, plus le comportement de ce type m'apparaît bizarre... Et puis, sincèrement, je n'arrive pas à me représenter Poelman en assassin... même sous l'emprise de la peur. Il est trop lâche... trop veule... Enfin, tu vois ce que je veux dire?

— Oui, très bien... et cela nous mène à quoi?

— A admettre que Poelman n'est qu'un comparse dans cette histoire, en supposant qu'il y soit mêlé...

— Il y est mêlé, rien que l'affaire de l'écharpe

jaune suffit à le démontrer. Il faut l'entêtement borné de Van Daële pour ne pas s'en rendre compte!

— Es-tu certain que ce soit incapacité de sa part?

— Je ne te suis pas?

— J'estime étrange que ton collègue soit toujours là, à point nommé, pour secourir Poelman ou sa sœur...

— Pour m'embêter!

— A moins qu'il n'ait peur que tu ne parviennes à faire parler Deeske ou Goedele?

— Quel serait son intérêt?

— Ce ne serait pas la première fois qu'un policier se révélerait chef d'un gang...

Dans le silence qui suivit, Toone, abasourdi par la suggestion d'Edmond, sentit mille idées contradictoires se heurter en lui. Van Daële...! Et, soudain, il comprit que la vérité était là où personne n'aurait eu l'idée de la chercher. Cette hypothèse expliquait l'acharnement imbécile de Piet contre les de Vos. Il ne s'agissait plus d'une hostilité rancunière, mais bien d'un moyen pour écarter les soupçons. Et dire que pas une seconde la solution n'avait effleuré son esprit! Il observa le pâle Edmond avec un regard neuf et ne put que murmurer :

— Toi, alors...

Greetje acceptait d'emblée la suggestion car elle y voyait une occasion d'apaiser son amertume à l'égard de l'homme qui s'en était pris à son fils. Toone répéta :

— Toi, alors...

Puis, d'un élan, il serra Edmond dans ses bras et l'embrassa sur les deux joues. Le petit Maes en rosit de fierté. Passant son bras sous celui de sa femme, de Vos déclara :

— Greetje, je ne suis peut-être qu'un imbécile... Dorénavant, j'entends qu'on traite Edmond avec tout le respect dû à un homme qui sait se servir de son cerveau. Tu diras à ta sœur qu'elle a un mari qui sort de l'ordinaire et qu'elle doit être aussi bête que nous pour ne s'en être pas aperçu plus tôt.

Ils rirent, heureux. Cependant, Maes, prudent, pria sa belle-sœur de n'adresser aucune recommandation à Justine dont le caractère supportait mal les conseils. Revenant à ses moutons, Toone observa :

— Parbleu! Il jouait sur le velours, Piet! Deeske lui servait probablement d'homme de paille et il le protégeait, le prévenait quand on décidait de s'occuper de lui à l'Houtdoklaan! Je suis persuadé que Van Daële s'est chargé du départ de ces filles qui ont disparu sans laisser de trace... La machine était lancée pour rouler indéfiniment s'il n'y avait eu le grain de sable dans le rouage, Siska de Geest en l'occurrence. Elle a compris le rôle de Deeske, peut-être a-t-elle deviné que Van Daële dirigeait l'opération et cette lucidité lui a coûté la vie. Malvina a sûrement démasqué Van Daële et a voulu lui vendre son silence. Sachant qu'il ne serait jamais tranquille tant qu'elle vivrait, il l'a supprimée. C'est pour cela que je l'ai rencontré cette nuit devant le magasin des Mooring. Il m'a affirmé être « en planque » alors qu'il redescendait de la chambre de Malvina où il avait vu entrer Jef, guettant le moment de le prendre au piège... Smeerlap!... C'était bien joué... Mais il a eu tort de s'attaquer à des filles du Muide! Maman, donne-nous donc une goutte de genièvre!

Greetje, rassérénée par l'euphorie de son mari, se précipita. Edmond et Toone trinquèrent à la perte de Van Daële, le policier marron. De Vos, ayant reposé son verre, établit leur plan d'action.

— Il ne s'agit pas de s'illusionner, Edmond. Ce sera dur. Si je racontais à de Conninck que c'est Van Daële le meurtrier, il me rirait au nez. Il importe de lui assener des preuves irréfutables. Toi, tu vas tâcher, en t'abritant derrière ton patron, de te renseigner sur le compte en banque de Van Daële, chez Hildecrest où je sais qu'il dépose son argent. Moi, je m'occupe de Deeske et si je déniche une raison suffisante pour l'embarquer, je te fiche mon billet qu'il mangera le morceau! Rendez-vous dans deux heures.

Deux heures plus tard, Toone arriva le premier à la Roerstraat. Il était assez content pour ne pas s'impatienter. Il apprit à Greetje que sur la photo de Deeske empruntée aux archives de l'Houtdoklaan, les Demaeght, les Eygel et les de Beukelaer avaient reconnu un garçon sorti quelquefois avec leurs filles. Et comme Tanalla de Geest affirmait que Siska connaissait bien Deeske, de Vos estimait qu'il possédait tous les atouts pour demander au commissaire de Connink d'interroger sérieusement Poelman.

Edmond fit son apparition avec un quart d'heure de retard mais dans un tel état d'excitation que Toone devina qu'il apportait d'excellentes nouvelles.

— Alors?

— Ça y est, Toone! On le tient!

— Raconte!

— Je me suis rendu à la banque Hildecrest... J'y connais bien le caissier principal, Jos Van Roy. Chez nous, nous avons assez souvent affaire avec cette banque. Je lui ai confié que Van Daële souhaitait travailler avec nous mais que nous serions heureux si, discrètement, on pouvait nous renseigner — à titre de client — sur le crédit qu'il convenait d'accorder au demandeur.

— Parfait. Résultat ?

— Un million, mon vieux ! Van Daële a un million à son compte[1] ! Je serais bien curieux de savoir comment un inspecteur de police peut amasser une telle fortune en exerçant son métier ?

De Vos poussa un soupir de satisfaction :

— Tu as raison, je crois que, cette fois, il est cuit. Mais tout de même, on va y aller prudemment en attaquant le moins solide de l'équipe : Deeske Poelman. Le mieux serait qu'il craque et dénonce Van Daële. Moi, je l'appuierai en révélant le montant du compte en banque. Bien travaillé, Edmond. Viens déjeuner demain avec Justine; j'aurai sûrement du nouveau et, peut-être, du définitif.

(1) Un million de francs belges.

CHAPITRE VII

— ... Monsieur le commissaire, quoi qu'en puisse penser ou feindre d'en penser Van Daële, Goedele Poelman a menti au sujet de l'écharpe jaune que j'ai vue chez elle et qui répondait à la description, par Greta Pellaers, de celle portée par Siska. Je ne suis ni un enfant, ni un débutant et lorsque je vous déclare que Goedele Poelman est mêlée de près ou de loin à l'assassinat de Siska de Geest, c'est son frère que j'entends désigner. N'oubliez pas, non plus, monsieur le commissaire, que, demeuré sur les lieux du crime, je suis à peu près persuadé d'y avoir aperçu Deeske qui, hélé par moi, a préféré fuir. Ma conviction est que Poelman, menacé par Siska, l'a tuée pour la réduire au silence. Honnêtement, je ne pense pas qu'il s'agisse d'un crime prémédité. L'assassin a perdu la tête et a tué pour se protéger. Sans doute est-il parti avec le foulard de sa victime sans y prêter attention et l'a laissé chez sa sœur qui, le lendemain, en le découvrant, a pu croire à un cadeau de son frère. Goedele n'est pas très maligne; elle s'en est parée et Hilda Vanhuelle l'a remarqué. Deeske s'étant rendu compte de la chose a dû lui faire une scène violente et c'est ce qui explique que cette pauvre fille nous ait si sottement menti à Hilda et à moi. J'ajouterai, monsieur le commissaire, que si mon collège Van Daële ne s'était pas porté sans cesse au secours de Poelman, ce dernier serait sous les verrous depuis un bon bout de temps.

Cyriel de Conninck avait écouté de Vos les yeux mi-clos, en fumant sa pipe. Lorsque l'inspecteur eut terminé son exposé, il déclara :

— Je ne vous cache pas, Toone, que votre faisceau de preuves indirectes m'intéresse... Si ce que vous me rapportez de Van Daële est vrai, j'avoue que je ne comprends pas son attitude et il faudra qu'il s'en explique. Cependant, mettons-nous bien d'accord : je ne relâcherai pas Jef tant que je n'aurai pas les aveux d'un coupable. Je ne tiens pas à ce que la triste aventure de Malvina Mooring recommence. Vous me comprenez ?

— Parfaitement, monsieur le commissaire, et je vous approuve.

— Tant mieux. Sitôt que Van Daële sera de retour, je l'enverrai chercher Deeske Poelman.

— Ah ! non, pas Van Daële !

— Et pourquoi ?

— Monsieur le commissaire, je vous demande instamment de ne pas m'interroger sur le cas de Van Daële au sujet duquel je vous promets des révélations qui vous étonneront.

— Des révélations ?

— Je ne puis vous en dire plus pour l'instant, mais, je vous en prie, envoyez quelqu'un d'autre chez les Poelman ?

— Qu'est-ce que vous manigancez encore, de Vos ? Je ne prise guère ces cachotteries, vous savez... ni ces soupçons que vous semblez vouloir faire planer sur votre collègue... Enfin, je n'insiste pas pour l'instant, mais je ne vous tiens pas quitte. Isidoor Steger ira chez les Poelman.

Les pères et mères de famille du Muide avaient tendance à prendre Isidoor pour une nounou à qui incombait la sauvegarde des jeunes générations du quartier. Lorsqu'on s'absentait, on lui demandait de jeter un coup d'œil sur le magasin abandonné et si on s'inquiétait des sorties intempestives d'une demoiselle mineure, on priait Isidoor de la surveiller d'un peu plus près. Steger ne savait rien refuser. Personne n'acceptait l'idée qu'il pût prendre sa retraite. Son départ — pourtant proche — amènerait un tel changement dans les habitudes du Muide qu'on préférait ne pas y penser.

La tremblante Goedele elle-même n'éprouvait aucune crainte de Steger et lorsqu'elle le vit sur son seuil, elle l'accueillit avec le sourire.

— Bonjour, Isidoor...

— Bonjour, Goedele... Comment te portes-tu? Steger tutoyait presque tout le monde, plus particulièrement ces jeunes hommes et ces jeunes femmes qu'il avait connus bébés au début de sa carrière et fessés plus d'une fois.

— A part mes migraines et mon estomac...

— Tu devrais te marier, Goedele.

Elle rit sottement pendant qu'il entrait dans l'appartement.

— C'est bien à vous de me conseiller le mariage! Un vieux célibataire!

— Je vais te dire, Goedele, c'est pas que je n'en aurais pas eu envie, mais aucune n'a voulu de moi.

— C'est peut-être la même chose en ce qui me concerne, Isidoor.

— Ça m'étonnerait... Je crois plutôt que c'est ton sacripant de frère qui pousse les épouseux à fuir!

Chaque fois qu'on lui parlait de Deeske, Goedele rentrait dans sa coquille et ce fut donc beaucoup plus sèchement qu'elle s'enquit :

— Pourquoi cette visite, Isidoor?

— Justement... parler à ton frère.

— Il n'est pas là.

— Où est-il?

— Je ne sais pas.

Ennuyé, Isidoor se gratta la tête.

— Embêtant... Je dois le ramener au commissariat.

— On lui reproche quelque chose?

— Le commissaire ne me met pas au courant de ses intentions, figure-toi...

— Vous êtes tous contre Deeske!

— Si on était contre lui, Goedele, il y a longtemps qu'il serait à l'ombre.

— Et vous le regrettez, hein?

— Moi? Tu ne peux pas te douter à quel point je m'en fous, ma pauvre fille!

— On s'acharne après mon frère! Personne ne prend sa défense!

— Il n'est guère défendable, entre nous!

Goedele hurla :

— Fichez le camp, Isidoor Steger!

— Tu me parles d'une drôle de façon, dis donc?

— Je parle comme il me plaît! Je suis ici chez moi!

— N'oublie pas que je représente la loi!

— Si vous ne filez pas, je crie au secours!

— Si tu cries au secours, c'est moi qui viendrai! Alors, ne te donne pas cette peine!

Attirés par les éclats de voix, les voisins apparurent et, d'abord étonnés, se montrèrent très vite fort intéressés. Isidoor leur demanda ce qu'ils désiraient. On lui répondit qu'on avait craint que Goedele fut attaquée. Mais la jeune fille clama que Steger la brutalisait parce qu'elle ignorait où se trouvait son frère. Du coup, Isidoor prit la mouche.

— Si tu tiens à faire des histoires, Goedele, je t'embarque et ça ne sera pas long!

Elle invoqua le témoignage des assistants sur la manière dont on la traitait. Quelqu'un donna son avis auquel on répondit. Isidoor répliqua vertement, un mot en entraîna un autre et, finalement, une véritable joute oratoire éclata où Goedele, déchaînée, ameutait ses amis contre le malheureux agent de police. Exaspéré, ce dernier décida :

— Puisque c'est comme ça, Goedele, tu vas me suivre au poste!

— Jamais!

Isidoor l'empoigna, elle se débattit, appela au secours; on lui prêta main-forte sans oser, toutefois, aller jusqu'à frapper le représentant de l'autorité. Dans un tumulte de cris, de bousculades, le groupe descendit jusqu'à la rue où le nombre des badauds s'enfla rapidement.

Deeske, appuyé au comptoir de Baeyens, buvait sa bière sans grande conviction. Pour tout dire, il ne se sentait pas en train. Il devinait vaguement qu'il n'était pas encore tiré d'affaire et que l'hostilité de Toone à son endroit ne désarmait pas. Loder tentait vainement de le réconforter.

— Ça me peine de voir un type comme toi jouer les gamines neurasthéniques!

— Mais tu ne te rends pas compte, Loder? Ce type est après moi et il s'arrêtera pas tant qu'il m'aura pas fait tomber!

— Tu te forges des idées! De Vos, il est hors de combat depuis l'histoire de son fils... C'est jamais drôle d'être le père d'un assassin... mais quand on est policier, c'est la fin de tout... T'as tort de te biler, Deeske... Le de Vos, on n'entendra plus parler de lui, c'est moi qui te le dis!

Rik Steveniers entra, ses journaux sous le bras.

— Un genièvre, Loder! que j'ai quasiment plus de souffle. Tiens, Deeske...! Eh ben, si je pensais te trouver là!

Hargneux, l'autre le regarda de travers.

— Et alors, ça te gêne?

— C'est pas que ça me gêne... mais ça m'étonne.

— Et pourquoi?

— Parce que ta sœur, elle est en train de se battre avec Isidoor Steger. Même qu'ils mènent un drôle de boucan au coin de la Makelaarstraat, tous tant qu'ils sont!

— T'es soûl ou quoi, Rik?

— J'suis pas soûl, j'te raconte ce que j'ai vu... Si tu me crois pas, t'as qu'à aller y mettre ton nez... Sans compter que Goedele, elle aurait plutôt besoin de toi... à mon avis.

Deeske hésitait, furieux.

— Qu'est-ce qu'il lui prend à cette idiote de se colleter avec Isidoor?

Loder se pencha vers son ami :

— A ta place, j'irais... Goedele, quand elle a ses crises, elle sait plus trop ce qu'elle raconte!

Oubliant que sa cadette l'entretenait, Deeske poussa un soupir de dégoût :

— Ah! la famille!...

— Qu'est-ce que vous lui voulez à ma sœur, Steger?

— Ah! te voilà, toi? Tu arrives bien! Dis à cette folle de se calmer sinon elle couchera en prison cette nuit!

— Goedele! T'es pas cinglée de te donner en spectacle comme ça?

Domptée par la voix de son frère, la névrosée s'apaisa d'un coup pour fondre en larmes libératrices.

— Et maintenant, Steger, si vous m'expliquiez à quoi ça rime tout ça?

— Le commissaire te l'expliquera mieux que moi. Il t'attend.

La panique empoigna Poelman et, cherchant à gagner du temps :

— Qu'est-ce qu'il me veut?

— Sois tranquille, tu ne tarderas pas à le savoir... Alors, tu viens?

Deeske tenta encore de biaiser :

— Je peux pas laisser Goedele dans cet état, en pleine rue?

— Ne t'en fais pas pour ça... Je l'emmène avec nous.

— Vous l'emmenez? Vous emmenez Goedele?

Toute bonne pâte qu'il fût, Isidoor estimait que les Poelman commençaient à l'embêter sérieusement.

— Pas de raison de vous séparer, hein?

Il prit Goedele par la main et l'entraîna sans qu'elle opposât la moindre résistance. Deeske, quoi qu'il en eût, suivit et le trio ne tarda pas à pénétrer dans les locaux de l'Houtdoklaan où ils se heurtèrent à Van Daële qui, à la vue du gibier que Steger ramenait, s'étonna :

— Qu'est-ce que cela signifie, Isidoor? Qu'est-ce qu'ils ont fait ces deux-là?

Avant que l'agent n'ait répondu, Poelman protesta :

— Mais rien du tout, monsieur l'inspecteur! On n'a rien fait du tout!

Piet regarda Steger qui se contenta de dire :

— Ordre de M. le commissaire!

Le policier s'écarta pour laisser Isidoor et ses deux « invités » s'engager dans l'escalier menant au bureau où Cyriel de Conninck et de Vos les attendaient.

Lorsque l'agent eut terminé le rapport sur sa mission et donné les raisons de la présence de Goedele qui s'était conduite de façon abominable à son égard, le commissaire le renvoya avec Deeske attendre au rez-de-chaussée qu'on les appelât de nouveau.

Ramassée dans son fauteuil, Goedele n'était plus qu'une pauvre fille traquée. De Conninck, d'un ton paternel, tenta de la rassurer :

— Pourquoi vous conduire de cette façon, Goedele Poelman? Ça ne vous ressemble pas...

Elle commença de pleurer, ce qui n'arrangeait pas son visage ingrat.

— Vous connaissez Isidoor depuis bien longtemps... Vous savez, comme tout le monde dans le Muide, que c'est la crème des hommes? Pourquoi, diable, vous en êtes-vous pris à lui?

Entre deux sanglots, elle hoqueta :

— Parce que... que... lui aussi... il en veut à... mon frère!

Le commissaire répliqua plus sèchement :

— Personne n'en veut à Poelman, Goedele! Tout ce que nous souhaitons, c'est établir qui est responsable de la mort de Siska de Geest et de Malvina Mooring.

— Deeske n'y est pour rien!

De Conninck remarqua doucement :

— Il ne me semble pas l'avoir accusé?

Goedele se mordit les lèvres de dépit et Toone, se rendant compte de ce moment de désarroi, en profita pour lancer son attaque :

— S'il n'y est pour rien, par quel hasard portais-tu l'écharpe de Siska? Elle te l'avait donnée, peut-être?

— C'est pas vrai! Vous ne faites que mentir!

— Je mens, Hilda Vanhuelle ment, Greta Pellaers ment... Seule, toi, tu dis la vérité, hein? Et pour quelles raisons mentirions-nous tous?

— Parce que vous souhaitez que Deeske paie pour le vrai criminel!

Le commissaire reprit la parole :

— Donc, Goedele Poelman, vous affirmez que vous ne possédez pas d'écharpe jaune à fleurs noires semblable à celle que l'inspecteur prétend avoir remarquée chez vous, qu'Hilda affirme avoir admirée à votre cou et que Greta Pellaers a vue portée par Siska de Geest quelques instants avant sa mort?

Goedelle eut une courte hésitation qui n'échappa pas aux policiers.

— Si... j'en ai une...

Elle ouvrit son sac et en tira un carré de soie jaune d'or où couraient des renoncules noires. Toone le prit, l'examina, le flaira et sourit :

— Pas très malin... C'est Deeske qui a eu cette idée? Elle est neuve, ton écharpe, ma pauvre Goedele...

— C'est faux!

— Quand te l'a-t-il apportée?

— Il... il y a longtemps...

— Et tu ne l'as jamais mise?

— Si...

— Eh bien! tu es rudement soigneuse... Je te félicite!

Changeant brusquement d'attitude, il ordonna :

— Rentre ça dans ton sac et cesse de te moquer de nous où tu vas aller passer quelques années en prison pour t'apprendre à te ficher de la police!

De Conninck prit le relais :

— A partir de maintenant, on ne rit plus, mademoiselle Poelman, que ce soit bien entendu, n'est-ce pas? Si ce foulard vous a été remis il y a longtemps par votre frère, pourquoi avez-vous nié en posséder un lorsque l'inspecteur s'est rendu chez vous?

— Parce que je savais que Siska en portait un et que j'ai eu peur...

— Et comment le saviez-vous?

— Mais... mais dans le journal...

— Malheureusement pour vous, mademoiselle Poelman, il n'en était pas question dans l'article du journal car nous-mêmes, nous l'ignorions encore à ce moment-là.

Elle poussa une sorte de gémissement lugubre fort désagréable à entendre.

— Vous ne croyez pas qu'il faudrait maintenant nous dire la vérité?

Mais Goedele n'était plus capable de dire quoi que ce soit. Raidie, les mâchoires serrées, les yeux légèrement révulsés, elle avait davantage besoin d'un médecin que de tout autre secours. Le commissaire la fit transporter dans la pièce où l'on étendait les accidentés de la rue et envoya quérir le docteur. Après, il ordonna à Steger de lui amener Deeske Poelman.

Le frère de Goedele commença par le prendre de haut, déclarant qu'il se plaindrait, qu'il était victime d'un abus de pouvoir, qu'on n'avait pas le droit de molester un honnête citoyen et qu'il refusait de servir de bouc émissaire à des policiers sans scrupule qui s'entendaient pour essayer de le charger d'un crime commis par un des leurs.

— Tu as fini, oui?

Le ton du commissaire tout autant que le tutoiement inattendu désorientèrent Poelman.

— On t'a laissé exécuter ton numéro, mais à présent, rideau! Compris?

Et, tout gentiment :

— Tu es coincé, mon garçon... Mieux vaudrait passer aux aveux tout de suite, on gagnerait du temps?

La sueur commençait à couler des tempes de Deeske. Il avait peur.

— Avouer quoi?

— Que tu as tué Siska de Geest et Malvina Mooring.

Il bondit :

— C'est pas moi!

— Assieds-toi et cesse de jouer les guignols! Le coup de l'indignation vertueuse, on le connaît et il ne nous impressionne pas!

— Je vous jure...

— Les serments aussi, c'est usé. Il faudrait trouver quelque chose d'inédit et je ne pense pas que tu en aies la possibilité.

Van Daële entra, l'air mauvais.

— Qu'est-ce qui se passe?

Poelman se tourna vers lui :

— Inspecteur, ils veulent me coller deux meurtres sur le dos.

Toone épiait les réactions de son collègue. Se trahirait-il en essayant de leur arracher Deeske ou ce dernier le dénoncerait-il le premier? Sans prendre garde à la réflexion de Poelman, Van Daële s'adressa au commissaire :

— Je me figurais être chargé de l'enquête?

— Et puis après? Ce n'est pas une exclusivité? Nous sommes bien obligés de réparer vos négligences!

Piet se tourna vers de Vos :

— Nous?... C'est encore vous qui avez manigancé cette histoire?

Deeske, sentant qu'on venait indirectement à son aide, se calma. Toone répliqua paisiblement :

— Votre venue signifie-t-elle que Poelman a besoin d'être défendu?

— De Vos, vous commencez à m'embêter avec vos sous-entendus!

— Ce ne seront plus longtemps des sous-entendus!

Cyriel de Conninck leur intima à tous deux l'ordre de se taire.

— Vous n'êtes pas ici pour vider vos querelles particulières. Je vous rappelle que nous interrogeons un homme soupçonné de meurtre. Alors, un peu de décence! Deeske, si vous n'avez pas assassiné Siska de Geest, pourquoi avez-vous donné à votre sœur le foulard qu'elle portait à ce moment-là?

— Première nouvelle!

— Pour t'éviter des mensonges idiots, je préfère t'avertir tout de suite que Goedele a avoué. Elle nous a même raconté que tu lui avais acheté une autre écharpe jaune pour essayer de nous tromper. Enfantin, tu ne trouves pas?

— La garce!

— Eh! eh! Poelman, dois-je considérer cette exclamation comme un aveu?

— Écoutez, monsieur le commissaire, je préfère tout vous raconter.

— Voyons...

— C'est vrai. Goedele a pris le foulard de Siska que j'avais déposé sur la table du salon en rentrant, mais, attention! Ce foulard, je l'ai trouvé dans la rue!

— Par exemple!

— A mon idée, l'assassin l'a perdu en se sauvant.

— A ton idée, Deeske... A la mienne, tu l'as fourré dans ta poche après avoir assommé la victime.

— Mais, enfin, pour quelle raison l'aurais-je tuée, cette fille?

— Et pour quelle raison as-tu cru bon d'acheter un autre foulard à ta sœur?

— Tout simplement parce que j'ai appris que Siska le portait et quand j'ai su que l'inspecteur de Vos était venu chez nous, j'ai craint de me trouver embringué dans une sale histoire...

— Ne te fais pas d'illusion, Deeske, tu y es jusqu'au cou dans cette sale histoire! Et veux-tu que je t'explique pourquoi?

— Je serais heureux de l'apprendre!

— Parce que tu exerces un métier de voyou, Poelman!

Le commissaire sortit de son tiroir des photos qu'il jeta sur les genoux de Deeske.

— Tu connais ces filles?

Méfiant, il prit les photos, y jeta un coup d'œil et convint :

— Oui.

— Par hasard, tu ne pourrais pas nous confier ce qu'elles sont devenues?

— Pourquoi me demander ça à moi?

— Tu ne t'en doutes pas un peu?

Suant à grosses gouttes, Poelman regarda du côté de Van Daële comme pour quémander une aide qui ne vint pas. Toujours aux aguets, Toone enregistra la chose avec satisfaction.

— Elles... elles m'ont prié de... de m'occuper d'elles.

— Et tu as accepté?

— J'avais pas de raison de refuser.

— Et qu'est-ce que tu leur as procuré comme travail?

Deeske ne tenait plus en place sur sa chaise.

— Je... je leur ai obtenu un contrat... pour un numéro de danse et de chant... J'ai ma licence d'impresario!

— Où ça, ce contrat?

— A Rio de Janeiro. Elles étaient majeures toutes les trois.

— Poelman, tu as bien de la chance que je sois commissaire de police, sans ça je te casserais la gueule avec plaisir! Pour le compte de qui travailles-tu?

De Vos, crispé, redoubla d'attention. Le moment était-il venu?

— Mais... pour personne... Je suis indépendant...

— A ta guise... Si tu nous avais donné le nom de ton employeur, on aurait pu te trouver des excuses. Puisque tu préfères te taire et te sacrifier...

— Me sacrifier?

— Je t'accuse d'être l'auteur du meurtre de Siska de Geest et de celui de Malvina Mooring.

Van Daële voulut intervenir :

— Monsieur le commissaire...

De Conninck n'était pas d'humeur à supporter quoi que ce soit. Brutalement, il ordonna :

— Taisez-vous, Piet!

Vexé, le policier se leva et sortit du bureau. Poelman donna alors l'impression d'admettre sa défaite.

— Monsieur le commissaire, je vous donne ma parole que je ne suis pour rien dans la mort de ces deux filles!

— Ta parole? Ne me fais pas rire, veux-tu? Si ce n'est pas toi qui les as tuées, qui est-ce?

— Comment voulez-vous que je le devine?

— Dommage... Puisque tu n'y mets pas de bonne volonté, pourquoi en mettrions-nous? De Vos, procédez aux formalités d'incarcération provisoire en attendant le transfert...

Deeske se jeta vers le bureau de Cyriel de Conninck :

— Monsieur le commissaire, je vous en supplie, écoutez-moi! Je suis pas coupable!

— Alors, qui? Jef de Vos?

Le garçon hésita, puis :

— Non... je pense pas...

— Pourquoi?

— Une idée comme ça...

— Tu m'exaspères avec tes mensonges. Tu ne crois pas à la culpabilité de Jef de Vos parce que tu sais qu'il n'est pas le meurtrier... et si tu le sais, c'est que tu connais l'assassin! Réponds, Poelman! Sauve ta peau pendant qu'il en est encore temps!

Passant spasmodiquement la langue sur ses lèvres, essuyant du revers de la main la sueur coulant le long de son nez, Deeske offrait un aspect pitoyable. On sentait qu'il parvenait au bout de sa résistance, qu'il allait craquer d'une seconde à l'autre. De Conninck l'empoigna par les revers de son veston, le mit debout et lui cria :

— Son nom? Dis-moi son nom et je te laisse filer en oubliant tout ce que tu as fait jusqu'ici! D'accord?

De Vos en aurait crié d'énervement. Cette attente le brisait. Secoué par le commissaire, Poelman balbutia :

— Je ne le connais pas...

Dégoûté, de Conninck le relâcha :

— Comme il te plaira. Tu ne pourras pas prétendre que je ne t'ai pas prévenu!

— Je le connais pas, mais si vous voulez me donner un peu de temps, monsieur le commissaire, je le trouverai peut-être!

— De quelle façon?

— J'ai... j'ai des soupçons...

— Tiens, tiens?

— Je veux accuser personne, ça serait trop grave. Laissez-moi quelques heures pour réfléchir, pour enquêter à droite et à gauche...

— Et tu en profiteras pour te sauver, hein?

— Où j'irais? J'ai pas le sou...

Le commissaire jeta un coup d'œil à de Vos qui lui répondit par un signe de tête affirmatif.

— Quand penses-tu aboutir?

— Peut-être demain... peut-être après-demain...

— Bon, je risque le coup, mais si tu essaies de me jouer un tour, je te rattraperai où que tu sois et alors... Pas besoin de t'en dire plus, n'est-ce pas? Je t'attends demain à dix heures pour ton premier rapport. Vu?

— J'y serai, monsieur le commissaire... Goedele peut repartir avec moi?

— Qu'est-ce que tu veux que j'en fasse de ta malheureuse sœur, sinon l'envoyer dans un hôpital psychiatrique?

— Toone, c'est vous qui aviez raison et, pensez-en ce que vous voudrez, j'en suis bougrement content. Deeske connaît ou se doute de l'identié de l'assassin. Pour se sauver, il nous le livrera. Il n'y a plus qu'à lui laisser faire notre travail. Naturellement, allez dire à Jef qu'il est libre et ramenez-le à la maison. Tâchez qu'il ne m'en garde pas trop rancune, hein? Je ne pouvais agir autrement. Il doit le comprendre. Tout était contre lui et l'opinion n'aurait pas admis que je ne l'arrête pas...

— Jef comprendra, monsieur le commissaire.

— Dites-lui aussi que je lui accorde vingt-quatre heures de congé exceptionnel et que, après-demain matin, il prendra son service à six heures. Van Daële grognera, mais on le laissera grogner.

— J'ai le sentiment que l'inspecteur ne manifestera pas sa mauvaise humeur.

— Ce serait bien singulier.

— Le moment est venu de vous confier monsieur le commissaire, ce dont je soupçonne Van Daële.

Et Toone exposa à Cyriel de Conninck les résultats de la brève enquête menée sur le compte de son collègue. Il lui rappela sa présence incessante et toujours inopportune aux côtés de Deeske Poelman chaque fois que ce dernier était dans une mauvaise passe, son acharnement pour compromettre définitivement Jef, enfin il souligna le chiffre énorme des « économies » réalisées par le policier.

Le commissaire écoutait, ahuri, et s'avérait incapable d'émettre la moindre protestation. Il ne parvenait pas à admettre l'idée que Piet Van Daële ne soit pas l'homme qu'il s'imaginait connaître depuis si longtemps. Il avait de la peine qu'on ait pu l'abuser pendant des années. Plus encore que les détails fournis, la révélation de sa fortune secrète le déconcertait.

— Je vous estime trop, de Vos, pour mettre en doute vos propos... Je suis dérouté, perdu... S'il n'y a pas une autre explication que celle que vous me donnez... je ne croirai plus à rien, sinon que je suis un imbécile... mais Van Daële paiera! Pour l'honneur de notre métier, j'espère que, démasqué, il aura le courage de disparaître... A demain, Toone... Je vous en veux un peu de ce que vous m'avez appris... C'est une telle déception... A demain, pour entendre Poelman.

Greetje rayonnait, son petit monde réuni autour d'elle. A son bonheur de retrouver ceux qu'elle aimait, s'ajoutait la satisfaction d'avoir eu raison contre tous en prenant le parti de la police. Jef n'apprendrait jamais la « trahison » de sa mère. A son âge, on s'indigne facilement. Justine papillonnait autour des uns et des autres comme une jeune fille dans le salon de ses parents. Seuls, Toone et Edmond affectaient ce que Greetje, énervée, appelait des mines de conspirateurs. Mais, après tout, peut-être se faisait-elle des idées?

Interrogé sur les circonstances ayant amené la libération de Jef, Toone veilla à ne point parler de Van Daële. C'était là un secret entre son beau-frère et lui. Par contre, il s'étendit longuement sur l'interrogatoire de Deeske Poelman et affirma sa conviction que le bonhomme ne tiendrait pas le coup et confesserait les noms de ses complices si, du moins, il en avait. Toone conclut :

— En tout cas, Jef, tu serais bien inspiré de ne pas bouger d'ici jusqu'à ce qu'on en ait fini avec Deeske. L'inspecteur Van Daële n'est sûrement pas très content de te savoir en liberté et je ne voudrais pas que tu lui fournisses un nouveau prétexte à recommencer ses sottises.

— Entendu, père, bien que je ne comprenne pas ce que Van Daële puisse avoir contre moi ?

De Vos cligna discrètement de l'œil à Edmond.

— Je ne pense pas qu'il t'en veuille spécialement... C'est plus compliqué... Plus tard, je t'expliquerai...

On passait à table lorsque Greta Pellaers se présenta. Elle venait d'apprendre le retour de Jef et tenait à exprimer à tous la joie qu'elle ressentait. On la remercia et plus spécialement Toone :

— Je n'oublierai jamais ce que tu as tenté pour Jef en espérant le sauver, Greta. Désormais, je suis endetté vis-à-vis de toi et je souhaite simplement de pouvoir payer cette dette avant de mourir.

La jeune fille, au bord des larmes, ne savait quelle contenance adopter. Elle regardait du côté de Jef, espérant que le garçon lui dirait quelque chose de gentil. Sachant qu'on attendait un geste de sa part, il s'y décida :

— Moi aussi, je te remercie, Greta. Il est simplement dommage que ton dévouement soit né d'une erreur.

— D'une erreur ?

— Pourquoi as-tu raconté que tu m'avais vu parler à Siska ?

— Parce que j'étais là !

Jef s'énervait.

— Je te répète que je n'ai pas adressé la parole à Siska pour la bonne raison qu'elle était morte lorsque je suis arrivé!

Greta aurait voulu lui donner raison, mais elle ne le pouvait pas. Elle gémit :

— Pourtant, je t'ai reconnu...

Exaspéré, Jef tapa sur la table :

— C'est trop fort!

Comme pour elle-même, Greta ajouta :

— Tu portais ton costume gris, celui que tu as mis le jour où nous sommes allés à Ostende.

Il hurla :

— Qu'est-ce que tu racontes?

— Mais, Jef...

— Répète!

— Je parlais de ton costume gris...

Le garçon éclata d'un rire qui n'en finissait pas et les autres le regardaient avec un brin d'inquiétude. Se calmant, Jef déclara :

— Siska m'avait téléphoné au bureau... Après avoir mangé un morceau ici... rappelez-vous? Je ne suis pas revenu me changer, et, de l'Houtdoklaan, j'ai gagné directement le rendez-vous dans les jardins du Voorhavenlaan. J'étais en uniforme, Greta, et non en costume gris.

Il y eut un moment de stupeur, et puis ce fut un hourvari. Tous parlaient à la fois : Edmond et Toone se donnaient de grandes claques dans le dos; Greetje et Justine s'embrassaient avec ferveur. Ahurie, Greta essayait de se rappeler comment elle avait pu se tromper à ce point. Partagée entre le soulagement de savoir Jef innocent et la honte de la sottise commise de bonne foi, elle n'osait plus parler. Toone affirma :

— Et voilà !... On se crève les yeux à chercher des preuves, des faits, et les plus simples, les plus faciles vous échappent. Une bonne leçon pour nous autres, policiers. Mais nous sommes bien plus coupables que Greta, car nous étions au courant. Nous aurions dû nous souvenir que tu n'étais pas revenu te changer. On se serait évité bien des soucis...

D'une voix tremblante, Greta Pellaers murmura :

— Je vous demande pardon, à tous...

Il y avait tellement de détresse dans ces quelques mots que Jef quitta sa place pour embrasser la jeune fille.

— Ne t'en fais pas, Greta. Tu n'as rien à te reprocher, puisque mes parents eux-mêmes ont commis la même erreur... Il n'en reste pas moins qu'à cause de moi, pour moi, tu as accepté de passer la nuit en prison et que tu t'es accusée d'un crime imaginaire... Je ne l'oublierai pas.

Si heureuse, Greta Pellaers, qu'elle ne contrôla pas ses paroles et s'exclama :

— Mais non, Jef, c'est tout naturel quand on...

Elle s'arrêta brusquement, rougissant, en prenant conscience de ce qu'elle allait dire. Taquin, le jeune homme insista :

— Quand on ?...

De Vos se porta au secours de Greta.

— Moi, je suppose que tu ne nous as pas encore tout avoué. Tu n'as jamais frappé Siska, n'est-ce pas ?

Elle baissa la tête, comme si on lui adressait un reproche.

— Non, bien sûr... Je lui ai parlé seulement.

— Et cela ne t'a pas gênée de passer aux yeux du commissaire pour une méchante fille?

— Si, mais...

— ... Mais tu entendais te sacrifier pour ce mauvais sujet de Jef, hein? Eh bien! mon garçon, sans vouloir m'occuper de ton avenir, je me demande si tu en rencontreras encore de cette qualité?

Jef sourit.

— Je ne le pense pas, père... et même, il serait peut-être bien, pour ne pas perdre une fille aussi extraordinaire, que je la garde auprès de moi pour toujours? Qu'en dis-tu, Greta?

Pour toute réponse, elle se laissa aller contre l'épaule de Jef et de Vos conclut :

— Voilà bien la première chose sensée que tu fais depuis longtemps, mon garçon!

Greetje appela Greta sa fille et l'embrassa. Justine ne voulut pas demeurer en reste, mais Edmond attendit l'autorisation de sa femme pour déposer un timide baiser sur le front de sa future nièce que de Vos souleva de terre en lui jurant qu'il était au moins aussi heureux que son fils.

— Et maintenant, maman, sers-nous le genièvre!

Tandis qu'on se serrait autour de la table pour que Greta y prenne place, Toone déclarait :

— Donc, ce n'était pas Jef que Greta a vu parler à Siska, mais quelqu'un qui portait un costume gris pareil au sien et dont la silhouette, la nuit, pouvait se confondre avec la sienne. Qui? Pour essayer de répondre à cette question, demain, dès la première heure, j'irai perquisitionner chez Goedele afin de voir si, par hasard, dans sa garde-robe, son frère n'aurait pas un costume gris ressemblant à celui de Jef... À la santé de la jeune Mme de Vos et à la déconfiture prochaine de qui je sais!

Tous levèrent leur verre pour répondre à l'invitation de Toone, persuadés qu'il faisait allusion à Deeske. Seuls, Edmond et son beau-frère, se souriant, savaient qu'il s'agissait de l'inspecteur Piet Van Daële.

CHAPITRE VIII

On s'était couché tard. Le genièvre bu, on avait envoyé chercher les Pellaers et, arguant de ce qu'il valait mieux que Jef ne mît pas le nez dehors, la demande en mariage avait été adressée — contrairement à tous les us et coutumes — aux parents de la jeune fille chez les parents du jeune homme. Un peu surpris d'abord, l'épicier et sa femme ne tardèrent pas à laisser éclater leur joie de marier Greta selon leur goût. Bref, la soirée s'était prolongée et, à trois heures du matin, on buvait encore force rasades au bonheur des futurs époux et à l'alliance de deux des plus vieilles familles du Muide. Edmond, un peu éméché, fut emmené par une Justine pour une fois indulgente et les Pellaers ramenèrent à la maison une Greta ne parvenant pas à se persuader qu'elle ne rêvait pas. Avant de se séparer de Jef, Toone tint à l'assurer qu'il lui devait une de ses plus vives satisfactions et qu'il attendrait maintenant d'être grand-père pour retrouver une semblable euphorie. Sitôt au lit, tout le monde s'endormit pesamment et le ronflement puissant de Toone — qui ne gênait plus Greetje, habituée — perçant l'écran des volets clos, s'en allait résonner jusque dans le Roerstraat.

Les de Vos dormaient si bien que le visiteur cognant à leur porte vers six heures du matin dut tambouriner longtemps avant de les arracher au sommeil. La première, Greetje, prit conscience de ce bruit insolite. Elle sortit difficilement de son engourdissement, car si les coups, se répercutant dans la maison silencieuse, parvenaient bien jusqu'à elle, son esprit ne leur attribuait pas une origine précise. Enfin, elle réalisa que quelqu'un désirait se faire ouvrir. Elle secoua Toone, qu'elle eut toutes les peines du monde à réveiller.

— Toone... on frappe... dehors...

— Hein! quoi?

— Je te dis qu'on frappe à la porte!

— A quelle porte?

— Mais à la nôtre, bien sûr!

Au prix d'un rude effort, de Vos s'assit sur le lit, glissa les pieds dans ses pantoufles, se leva avec un gémissement, bâilla à se décrocher la mâchoire, se traîna jusqu'à la fenêtre dont il écarta les volets pour demander :

— Qu'est-ce que c'est?

— De Vos?

— Oui, mais du diable si...

— Van Daële! Ouvrez-moi, il y a des ennuis...

Van Daële chez lui à six heures du matin? Qu'est-ce que cela signifiait? Toone n'avait plus sommeil et sa fatigue s'était envolée. Il s'enveloppa dans sa robe de chambre et s'en fut ouvrir à son collègue. Il le reçut de façon assez revêche :

— Bon Dieu! Van Daële, vous ne dormez donc jamais?

— Ce sont les autres qui ne me laissent pas dormir!

— Qu'est-ce qui se passe?

— Je suis là pour vous en parler.

Tonne introduisit l'inspecteur dans le salon.

— Je vous prépare un peu de café?...

— Pas la peine. Jef est là?

— Dans sa chambre, il dort.

— Il n'est pas sorti, cette nuit?

— Non. On l'a fiancé à Greta Pellaers et nous avons bu jusqu'à trois heures du matin.

— Et après?

— Après?... Nous nous sommes couchés, nous en avions bougrement besoin! Pourquoi?

— Parce qu'on a tué Deeske Poelman cette nuit.

— Deeske... Tué!...

— Un visiteur que sa sœur n'a pas vu, mais dont son frère, en la renvoyant au lit, lui a révélé l'identité.

— Alors, pas de problème, il n'y a qu'à sauter le bonhomme?

— Ce n'est pas aussi facile...

— Et pourquoi donc?

— Parce que Goedele affirme que c'est vous le visiteur... donc le meurtrier de son frère.

Sur le moment, Toone demeura sans réaction. C'était trop énorme, trop grotesque!

— Mais je n'ai pas bougé de chez moi et vous venez de me reveiller?

— Possible, de Vos, mais vous avez assez l'expérience pour savoir que tout doit être prouvé... surtout ce qui semble acquis d'avance?

Toone crut discerner dans sa voix l'éclat difficilement contenu d'une satisfaction profonde.

— Van Daële... ce n'est pas vous, par hasard, qui auriez arrangé ça?

Avant de répondre, Piet le regarda longuement :

— Il faut que vous me méprisiez bien, de Vos, pour risquer pareille suggestion?

— Ou, plus simplement, que j'aie conscience de la haine que vous me portez?

— La haine?... A propos de ce que je vous ai dit l'autre jour? J'étais amer, j'en conviens, mais d'ici à vous haïr... il y a une marge!

— Cette marge, vous n'en teniez guère compte lorsqu'il s'agissait de s'interposer entre Deeske et moi... quand vous vous acharniez à compromettre mon fils!

Van Daële haussa les épaules :

— Vous avez trop d'imagination, de Vos. Je suis intervenu dans vos tête-à-tête avec Deeske parce que je redoutais un éclat de votre part et parce que j'ai toujours été persuadé que Poelman n'était pas un tueur. Quant à votre fils, oseriez-vous affirmer que vous-même vous n'avez pas cru à sa culpabilité? La seule différence entre vous et moi, c'est que je ne suis pas encore convaincu de son innocence.

Toone gronda :

— Si vous n'étiez pas mon hôte, Van Daële, je vous casserais la figure!

— Et cela démontrerait quoi?

Toone se reprit :

— Vous avez raison... Nous combattrons sur un autre plan et en dépit de tous vos calculs, de toutes vos machinations, je vous démasquerai!

Piet secoua la tête :

— Quel romantisme!... Et si vous vous efforciez de regarder les choses plus simplement? En tout cas, pour le moment, il s'agit du meurtre de Deeske et des lourds soupçons qui pèsent sur vous par suite de la déposition de Goedele.

— Je vais la voir, celle-là, et je vous fiche mon billet que j'aurai tôt fait de l'obliger à se rétracter!

— Non, de Vos... Vous n'irez pas chez elle, mais

à l'Houtdoklaan, où le commissaire vous attend... C'est lui qui m'a envoyé vous chercher.

— Mission qui a dû vous enchanter?

— Pensez ce que vous voudrez...

— Vous auriez tort de vous réjouir trop vite, Van Daële, et...

— Habillez-vous donc, de Vos!

De la chambre, Greetje demanda :

— J'ai reconnu la voix de Van Daële. Qu'est-ce qu'il y a encore?

— Deeske Poelman a été assassiné cette nuit.

— Mon Dieu!... Heureusement que Jef n'est pas sorti... On ne pourra pas le soupçonner!

Son mari estima inutile de lui apprendre que, cette fois, c'était lui qu'on voulait impliquer dans ce nouveau meurtre. Il est vrai qu'il attachait peu d'importance à une accusation émanant d'une névrosée connue pour telle.

Cyriel et Conninck, le visage fripé, l'œil lourd, ne tendit pas la main à de Vos lorsque ce dernier entra dans son bureau en compagnie de Van Daële. Sèchement, il ordonna :

— Asseyez-vous!... Laissez-nous, Piet, je vous verrai tout à l'heure...

L'inspecteur parti, Toone regarda son supérieur, espérant un changement d'attitude; mais le de Conninck qu'il avait en face de lui ne ressemblait en rien à celui qu'il connaissait.

— Vous êtes au courant?

— Oui. Van Daële a pris soin, sur votre ordre, paraît-il, de venir m'en aviser. Il n'abdique pas!

— Ecoutez-moi, de Vos, et sachez une fois pour toutes que j'ai confiance en Piet Van Daële. Je ne comprends pas, ou plutôt je ne veux pas comprendre à quoi riment les calomnies que vous avez déversées sur son compte. Qu'il n'en soit donc plus question.

— Je me figurais vous avoir fait comprendre son attitude au cours de l'enquête...

— ... Qui n'est pas plus sujette à caution que la vôtre!

— Comment?

— Toutes les accusations portées contre Piet peuvent se retourner contre vous! Vous aussi — et mieux que lui-même — étiez à même de connaître les filles expédiées en Amérique du Sud. Le cas échéant, elles se seraient encore moins méfiées de vous que de Van Daële. Si vous estimez que votre collègue peut être à la tête d'un gang, pourquoi pas vous?

— Il me semble, monsieur le commissaire, que mon passé...

— Et puis après? Celui de Van Daële n'est pas moins honorable que le vôtre! On peut très bien supposer que vos querelles avec Deeske relevaient d'une comédie habilement montée pour nous jeter de la poudre aux yeux. Si, en dépit des paroles de Poelman, on retient la culpabilité de Jef dans les meurtres de Siska et de Malvina, vous pouvez avoir tué Deeske cette nuit pour l'empêcher de dénoncer votre fils ou de vous dénoncer au cas où vous joueriez un rôle que vous attribuez à Van Daële!

— Mais, enfin, monsieur le commissaire, c'est absurde!

— En quoi? Et pour quelles raisons ce qui ne l'était pas pour Piet le deviendrait-il pour vous? De plus, Goedele est formelle. Réveillée au petit matin par un visiteur, elle s'est levée pour ouvrir, mais tandis qu'elle passait sa robe de chambre, son frère lui a commandé de se recoucher, déclarant qu'il savait qui venait le voir et il a donné votre nom, de Vos. Elle prétend vous avoir entendu repartir un peu plus tard. Intriguée alors de ne percevoir aucun bruit dans le salon, elle s'est relevée et y a trouvé Deeske mort, étranglé de la même façon que Malvina.

— En somme, l'étranglement serait une habitude chez les de Vos ?

— Il n'y a vraiment pas de quoi plaisanter, je vous assure, et tant que cette affaire d'accusation n'est pas tirée au clair, je suis obligé de vous garder ici.

— Je ne puis vous empêcher d'agir comme vous estimez devoir le faire, monsieur le commissaire. Je regrette, toutefois, que tant d'années de collaboration ne vous aient pas fait repousser avec indignation la dénonciation de cette folle de Goedele !

— Vous n'êtes pas fou, Toone, et, pourtant, vous avez porté des accusations insensées contre votre collègue qui est aussi mon collaborateur... et depuis longtemps.

— Voyons, monsieur le commissaire... il y a tout de même une différence entre lui et moi...

— Laquelle ?

— Je ne suis pas riche !

De Conninck regarda Toone avec mérpis :

— Vous avez une certaine audace, de Vos ! Figurez-vous que Van Daële non plus ne l'est pas, et si cela peut vous réjouir, apprenez que son compte en banque n'atteint pas la moitié du vôtre. Qu'est-ce que vous dites de ça ?

Assommé par cette révélation, Toone ne trouvait rien à répondre. Impitoyable, son chef continuait :

— Vous vous êtes conduit comme un sot ! Vous n'avez donc pas prévu que je me renseignerais à la banque ? Pour quel motif vous êtes-vous efforcé si maladroitement de me monter le cou au sujet de Piet ? Vos agissements à son égard, l'accusation de Goedele justifient assez, il me semble, que je puisse, en dépit de votre passé, vous suspecter, non?

Toone n'écoutait plus. Un vertige l'écœurait. Qu'est-ce que tout cela signifiait? Il se sentait sans réaction, incapable du moindre mouvement, de la plus légère révolte. De Conninck, le contemplant et se rendant compte de son égarement en eut de la peine :

— Il n'est pas question que je vous enferme, de Vos. Simplement, je vous ordonne de ne pas quitter l'Houtdoklaan sans ma permission? C'est tout pour l'instant.

De Vos quitta la pièce, semblable à un homme ivre qui ne parvient pas à équilibrer sa marche.

Préoccupé, Piet Van Daële remontait le Muidepoort. Il longeait la vitrine de l'épicerie Pellaers lorsqu'il s'entendit appeler fort discrètement. Il se retourna pour se trouver face à face avec Greta. Elle paraissait fort nerveuse.

— C'est vrai? Dites, monsieur l'inspecteur, c'est vrai?

— Quoi donc?

— Qu'on a tué Deeske Poelman?

— Vous vous intéressiez à lui?

— Oh! non... mais... il y en a qui racontent que... que ce serait Toone de Vos qui... qui l'aurait tué?

— Qui donc raconte cela?

— J'ai entendu mon père se disputer avec des clients parce qu'il défendait l'inspecteur... Ces gens-là, à cette heure-ci, ne pouvaient venir que du *Geroest Spijker*, et tout le monde sait que Loder Baeyens déteste les de Vos!

— Et vous, Greta Pellaers, estimez-vous que Toone pourrait être coupable?

— Oh! non!
— Pourquoi?
— Parce que je le connais!
— Ne serait-ce pas plutôt parce que vous devez épouser son fils?
Gênée, elle se tut. Van Daële lui tendit la main.
— Comme je ne serai sûrement pas invité à la noce, permettez-moi de vous adresser tout de suite mes félicitations. Jef a bien de la chance. Je me rappelle de ce que vous avez tenté pour lui... Il y en a qui naissent sous de bonnes étoiles... Enfin, mademoiselle Pellaers, je voudrais vous donner un conseil, que vous ne suivrez sans doute pas et qui vous poussera à me détester — si tant est que vous ne me détestiez pas déjà — par esprit de... de famille : ne brusquez pas vos épousailles.
— Pour quel motif?
— Je ne suis pas encore tout à fait sûr que le garçon que vous aimez ne finira pas ses jours en prison.
— Comment pouvez-vous!... C'est donc vrai que vous haïssez les de Vos? que vous ne songez qu'à leur nuire?
— Non, ce n'est pas vrai... mais je ne dormirai pas tranquille tant que le misérable qui a assassiné Siska de Geest et Malvina Mooring ne sera pas enfermé... tant que je n'aurai pas posé ma main sur son épaule... et, quand je le tiendrai, je vous jure que je ne le lâcherai pas!
— Mais pourquoi les de Vos?
— Parce que tout me ramène à eux! Au revoir, mademoiselle.
Tout en continuant son chemin, Piet songeait que si, autrefois, lorsqu'il valait encore la peine qu'on l'épouse, il avait rencontré une fille comme Greta

Pellaers, il serait peut-être devenu quelqu'un... L'inspecteur détestait le tour que prenaient ses pensées. Le passé est le passé. Pour l'instant, il s'agissait de se battre; il se battrait, que cela plaise ou non aux habitants du Muide. Il lui fallait se rendre chez Goedele Poelman et il envisageait cette visite avec tellement de dégoût qu'il décida de passer d'abord au *Clou rouillé* pour boire un verre afin de se remonter.

Loder Baeyens pérorait au milieu d'un cercle de consommateurs. Il chantait les vertus de Deeske, affirmant que le malheureux avait toujours été calomnié par des gens qui lui en voulaient. Lui, Baeyens, était son seul ami et il offrirait une formidable couronne pour son enterrement. Van Daële s'accouda à une extrémité du comptoir pour déguster le café que la molle Philippina lui servait. Tout en tournant sa cuillère, il écoutait le patron, lancé dans le panégyrique de Poelman.

— ... Personne ne se doutait que c'était un brave cœur, toujours prêt à rendre service... Pour moi, je le considérais comme un frère cadet... Et la pauvre Goedele, qu'est-ce qu'elle va devenir maintenant?

Il suspendit un instant son discours et quand il fut certain de retenir l'attention de son auditoire, il poursuivit :

— ... Seulement, il y en a dans le Muide qui se laissent monter le cou... Ils croient ce qu'on leur raconte sur le pauvre Deeske... surtout que ceux qui colportent ces calomnies appartiennent à la police...

Un frémissement courut parmi les buveurs.

— Et comme ils réussissaient pas à le démolir, ils se sont décidés à le supprimer... Ce de Vos, sous ses airs de bon gros, je m'en suis toujours méfié...

Une voix anonyme s'enquit :

— Tu crois que c'est lui, Loder, qui a tué Poelman?

— Je l'ai pas vu, bien sûr... mais depuis qu'on soupçonne son fils d'avoir assassiné Siska de Geest et Malvina Mooring, il était tout le temps après lui... il espérait le faire payer pour son rejeton et comme Poelman marchait pas, le de Vos a dû se mettre en colère... D'ailleurs, Goedele jure que c'est de Vos qu'est venu voir Deeske... Dans la police, comme ailleurs, y a des pourris... mais, à mon idée, les types de l'Houtdoklaan ils tenteront l'impossible pour sortir leur copain du pétrin. Alors, je dis qu'on doit pas le permettre... Une supposition qu'on irait manifester devant le bureau?... Ça leur remuerait un peu le sang, non?

Van Daële écarta ceux qui écoutaient Baeyens et se plantant devant lui :

— Vous avez la langue drôlement bien pendue, Loder!

Surpris par l'apparition du policier, le bonhomme s'empressa :

— C'est pas pour vous que je parlais, monsieur Van Daële! Vous, vous êtes un homme propre! Et puis, vous aussi, vous étiez un ami de Deeske... Il avait confiance en vous. Même il racontait que si vous aviez pas été là pour le protéger de de Vos, il y a longtemps qu'il aurait été bouclé. Vous boirez bien un petit genièvre?

Lorsque le verre fut plein, Van Daële le prit posément et, d'un geste sec, en lança le contenu au visage de Baeyens. Dans le silence stupéfié qui suivit, il déclara sèchement :

— Je ne bois pas avec un homme de votre sorte, Loder Baeyens. Je vous entends depuis un moment manier la calomnie et le mensonge. Deeske était une parfaite fripouille et un bon à rien. Si je recherche son meurtrier, c'est pour obéir aux règles de mon métier. Pour vous, Baeyens, apprenez que votre ami Poelman a beaucoup parlé, hier soir, dans notre bureau de l'Houtdoklaan et, notamment, sur ses activités théâtrales très particulières. Nous procéderons à une enquête sur votre compte, Baeyens. Si jamais nous apprenons que les contrats d'engagements pour l'Amérique du Sud ont été signés chez vous, attendez-vous à de gros, à de très gros ennuis. Quant à la police, elle fait son devoir et n'a pas de leçon à recevoir d'un individu de votre espèce. Combien je vous dois, Philippina ?

— Soixante centimes.

Piet Van Daële jeta un franc sur le comptoir et sortit sans que personne osât prononcer un mot.

L'annonce de la mort de Deeske et plus encore les bruits courant quant à une possible culpabilité de Toone de Vos, dont Goedele s'était ouverte aux premières commères venues aux renseignements sous prétexte de la consoler, bouleversaient le Muide. Debout sur son seuil, Joos Mooring, entouré d'un attroupement où l'élément féminin dominait, tenait une sorte de meeting. L'inspecteur s'approcha discrètement pour écouter ce que l'épicier disait.

— Et maintenant, vous autres qui souteniez de Vos, qu'est-ce que vous en pensez ?

L'énorme boucher, Fons Depauw, qui dominait tout un chacun d'une bonne tête, répondit :

— Moi, j'ai confiance dans Toone bien plus que dans cette piquée de Goedele.

— Et pourquoi elle accuserait de Vos si elle savait que c'est un autre qui a fait le coup ?

— Et pourquoi est-ce qu'il y a des gens méchants sur la terre, Mooring ?

— Tu devrais avoir honte, Fons, de prendre devant tous le parti de l'assassin!

— Je prends le parti de personne! Et je répète que tant qu'on ne m'aura pas démontré le contraire, je tiendrai Toone de Vos pour un type bien, Deeske Poelmann pour une crapule et Goedele pour une cinglée!

— Tu me dégoûtes, Fons!

— J'en ai autant à ton service, Joos!

— J'ai toujours soupçonné que tu marchais avec la police!

— J'aime mieux la police que les voleurs!

— C'est pour moi que tu dis ça?

— Qui se sent morveux, se mouche!

Mooring ne pouvait songer à lever la main sur Depauw, car il eût été assommé en un rien de temps. Il préféra larmoyer en recherchant l'approbation de son auditoire.

— Cracher sur les morts, c'est pas très courageux... Peut-être que tu juges aussi que ma petite Malvina, c'est bien fait pour elle, ce qui lui est arrivé?

— Raconte donc pas d'idioties!

— Oui, oui... comme c'est peut-être encore un de Vos qui a fait le coup, tu préfères pas te mouiller, hein?

— Si tu me cherches, Joos, tu vas me trouver et ça ne traînera pas!

— La vérité, c'est que si on était des hommes comme autrefois, on aurait déjà foutu le feu au bureau de l'Houtdoklaan, pour donner une leçon à ces policiers qui protègent les assassins!

On ne répondit pas, car l'épicier allait tout de même un peu loin. Van Daële perçut cette hésitation et jugea le moment propice. Il avança :

— S'il n'y a que cela pour vous rendre heureux,

Mooring, nous allons nous rendre ensemble à l'Houtdoklaan.

Interloqué par cette proposition inattendue, l'épicier ne savait plus comment se tirer de ce mauvais pas, surtout que cette brute de Fons en profitait :

— Alors, Joos, t'as perdu ta langue?

— Monsieur l'inspecteur... je... j'ai pas voulu... enfin...

— Si vous n'aviez pas perdu votre fille de si tragique façon, Mooring, je vous embarquerais. Contentez-vous de diriger votre commerce et surveillez vos paroles si vous ne tenez pas à avoir des histoires... Compris?

— Oui..., bien sûr..., oui... monsieur l'inpecteur..., tout de suite!

Joos rentra dans son magasin sans demander son reste et son auditoire se dispersa aussitôt. Van Daële se sentait beaucoup mieux. Ces deux algarades successives l'avaient remis en forme et il gagna d'une allure plus vive l'Akselstraat pour rendre visite à Goedele Poelman.

Goedele n'était pas belle d'ordinaire, mais, ce matin-là, avec son teint blafard, ses paupières enflées, son nez rougi et ses cheveux défaits, elle s'affirmait vraiment disgraciée. Ayant oublié la vie impossible que lui imposait son frère, elle ne se rappelait que le petit garçon qu'il avait été, son compagnon de jeu d'autrefois. Elle reçut Van Daële avec des gémissements qui, d'entrée, irritèrent le policier au lieu de l'apitoyer.

— Calmez-vous, Goedele... Vous mettre dans des états pareils ne rendra pas la vie à Deeske. Il faut le venger maintenant, en nous aidant à découvrir son assassin.

— Mais je vous l'ai nommé! C'est Toone de Vos...

— Racontez-moi une fois encore comment les choses se sont passées ?

Ravalant ses larmes, elle entreprit son récit :

— Je dormais... Mais, depuis ma typhoïde, il y a trois ans, j'ai le sommeil très léger... J'ai entendu qu'on frappait tout doucement à la porte... Il était quatre heures du matin... Ça ne me plaisait pas trop cette visite... J'avais un peu peur. Je suis allée rejoindre Deeske pour l'avertir. Il a commencé par me traiter d'imbécile, puis il s'est levé pour se rendre à la porte, où il a demandé : « Qui est là ? » Je n'ai pas pu attraper la réponse... Alors, il est revenu vers moi et il m'a ordonné de me recoucher, qu'il savait de qui il s'agissait... Naturellement, j'ai demandé le nom du visiteur... Il m'a dit : « Toone de Vos. » Je ne pouvais pas me rendormir. J'ai bien essayé d'écouter, mais Deeske et de Vos s'entretenaient à voix basse. A un moment, j'ai cru qu'ils se disputaient, et puis il y a eu un grand silence... J'ai failli me glisser au salon, mais je n'ai pas osé... Je n'étais pas présentable et je craignais la colère de Deeske... Le policier est reparti... J'ai laissé passer encore un grand moment et puis, tout de même, ça m'intriguait, ce silence... Pourquoi mon frère ne retournait-il pas dans sa chambre ? Alors, je me suis risquée dans le salon... Je... je l'ai vu avec sa figure violette... cette ficelle autour du cou... c'était horrible... horrible !

Elle éclata en sanglots convulsifs et Van Daële redouta, un instant, la crise de nerfs. Cependant, elle se reprit pour crier :

— C'est Toone de Vos qui l'a tué !... Il a voulu s'en débarrasser... Vous le mettrez en prison, n'est-ce pas ?

— Non.

Elle le contempla, hébétée :

— Non? Et pourquoi?

— Parce que vous mentez, Goedele Poelman!

— Moi? Mais je vous jure...

— Assez!... Si vous continuez de cette façon, c'est vous qui vous retrouverez en prison pour faux témoignagne.

— Pour quelles raisons, je mentirais?

— Parce que vous détestez de Vos. Parce que vous êtes malade, Goedele, et que votre haine contre mon collègue a tourné à l'obsession. Tout ce qui arrive à Deeske, vous le lui attribuez. Vous ne voulez pas vous avouer que votre frère était une crapule. Vous préférez vous persuader que tout le monde s'acharnait sur lui, et surtout de Vos. Ce n'est pas lui qui est venu cette nuit!

— Qu'est-ce qui le prouve?

— Goedele, je vous parle pour la dernière fois en ami. Reconnaissez que vous avez menti et je vous laisserai tranquille. Je mettrai vos divagations sur le compte de l'émotion due à la mort de votre frère. Ne vous montrez pas stupidement et inutilement méchante, c'est vous qui en pâtiriez. Alors?

Un combat trop visible se livrait en elle. Dans son cerveau fatigué, abandonner son accusation contre de Vos, c'était aussi abandonner Deeske. Elle souffrait à l'idée d'être privée de sa vengeance. Toutefois, Van Daële l'effrayait. Finalement, elle se résolut à reconnaître son mensonge.

— Votre frère ne vous a pas dit le nom du visiteur, n'est-ce pas?

— Il m'a répondu de lui ficher la paix et que cela ne me regardait pas... que, d'ailleurs, il s'agissait d'un ami et que je n'avais pas de mauvais sang à me faire.

— Estimez-vous qu'il aurait employé ce terme d'ami s'il eût été question de de Vos?

A contrecœur, elle convint que non. Van Daële se leva :

— Je comprends votre chagrin, même si je ne l'approuve pas, Goedele. Lorsque Deeske sera enterré, vous devriez partir vous reposer longuement dans une clinique...

En entrant dans le bureau de Cyriel de Conninck, Van Daële jeta son chapeau sur une chaise. Intrigué par son allure, le commissaire s'enquit :

— Alors?

— Goedele Poelman a menti. Ce n'est pas de Vos qui s'est présenté chez elle, cette nuit.

— Qui?

— Elle l'ignore.

— On la poursuit, cette idiote?

— A quoi bon? Elle ne se rend pas compte... Dès qu'on aura mis la main sur l'assassin, il faudra absolument la coller dans une maison de repos, que cela lui plaise ou non; autrement, c'est le cabanon à brève échéance.

Toone de Vos, mis au courant, sut qu'il devait à Van Daële la rétractation de Goedele. Il déclara à son collègue :

— J'imagine que vous regrettez cet aveu qui m'innocente?

— Ce que je regrette surtout, c'est de ne pas posséder cette fortune que vous m'avez si... généreusement attribuée.

Vexé, Toone se mordit les lèvres et, ne pouvant rien répondre, s'en fut après avoir salué le commissaire.

Au lieu de rentrer chez lui pour rassurer Greetje, il prit un taxi pour se rendre chez les Maes, car il tenait à savoir la vérité au sujet de l'enquête d'Edmond à la banque. Il ne comprenait pas. Évidemment, son beau-frère n'était pas très malin, mais, tout de même, il n'aurait pas inventé un pareil détail uniquement pour lui plaire.

Les Maes habitaient près de Saint-Macaire, dans la Proostraat. L'arrivée de Toone les surprit, car ils ignoraient la mort de Deeske, mais le policier ne voulut pas s'étendre sur le sujet. Tout de suite, il attaqua :

— Edmond, tu es bien allé à la banque te renseigner sur le compte courant de Van Daële ?

Maes, étonné tant par la question que par le ton sur lequel elle était posée, flotta un peu :

— Mais... mais... oui...

— Et tu es certain du chiffre avancé : un million ?

— C'est Van Roy lui-même qui me l'a donné !

— Quel est le numéro de la banque ?

— 83-55-66.

De Vos composa les chiffres au téléphone.

— Ici, l'inspecteur de Vos, du bureau de l'Houtdoklaan. Je désirerais parler à M. Van Roy, le caissier principal... Monsieur Van Roy ? Ici, l'inspecteur de Vos, de l'Houtdoklaan... Mon beau-frère, Edmond Maes, est bien venu vous consulter au sujet du compte de l'inspecteur Piet Van Daële ?... Comment ?... Ah ! bon... oui, évidemment... Je vous remercie, monsieur Van Roy.

Il raccrocha et se tourna vers Edmond :

— Mon pauvre Edmond...

— Qu'est-ce qu'il y a ?

— Le Van Daële qui possède un million en banque, c'est Piet Carolus Van Daële, l'épicier en gros d'Ekkergen. Ton caissier principal n'a pas supposé un instant que tu parlais d'un policier, car il n'est guère admissible qu'un simple inspecteur possède une pareille somme... Tu m'as rendu ridicule. Il ne me reste plus qu'à présenter mes excuses et mes regrets à mon collègue et à m'expliquer avec le commissaire. Je ne puis vraiment te remercier...

Effondré, Edmond chevrota :

— Je... je n'y ai pas pensé... Je te demande pardon, Toone...

De Vos n'insista pas, sachant fort bien que dès qu'il aurait refermé la porte derrière lui, Justine exposerait avec force détails à son mari l'opinion qu'elle nourrissait à son endroit.

De Vos rencontra Van Daële au moment où ce dernier quittait le bureau de police.

— Pourrais-je vous dire un mot, Piet?

— A moi?... Vous me surprenez... enfin, entrons là.

Ils pénétrèrent dans le poste de garde désert.

— Je vous écoute?

— Je vous prie d'accepter mes excuses.

— Oh! oh! le fier Toone de Vos qui s'excuse auprès d'un vulgaire Van Daële? Voilà qui n'est pas banal...

— Ne rendez pas ma démarche plus pénible qu'il n'est nécessaire... elle l'est déjà suffisamment.

— Parfait... Allez-y!

Toone raconta ses démarches en vue de prouver que Van Daël était mêlé à l'affaire des deux meurtres. Il rapporta l'erreur de son beau-frère, qui l'orienta sur une fausse piste. Il énuméra les raisons qui le poussèrent à soupçonner son collègue. Piet ne proféra pas un mot tant que son interlocuteur parla. Lorsque ce dernier eut terminé, il demanda :

— Pourquoi vous êtes-vous cru obligé à cette explication que je reconnais, en effet, assez humiliante pour vous? Personne n'était au courant, à part de Conninck.

— Si, moi. Je suis peut-être orgueilleux, Van Daël, mais cet orgueil m'interdit de passer sous silence mes erreurs.

Ils s'observèrent en silence, puis Piet lui tendit la main que Toone serra.

— Nous avons mieux à faire, de Vos, qu'à nous combattre. L'assassin de Siska, de Malvina et de Deeske court toujours. Nous nous devons de l'empoigner.

— Je vous y aiderai de mon mieux.

— Quel qu'il soit?

— Pourquoi cette question?

— Parce que je ne suis pas encore tout à fait certain que votre fils soit hors de cause. Non, ne protestez pas! Si je vous livre le fond de ma pensée, c'est justement parce que je crois pouvoir compter sur vous. Est-ce que je me trompe?

— Je suis sûr que vous vous trompez en songeant à Jef, mais vous ne faites pas erreur en estimant que je vous aiderai même...

— ... Même?

— Même si vous me démontriez que Jef est coupable.

— Je le savais.

Décidé à en finir, de Vos acceptait cette alliance avec Van Daële parce que son devoir l'y obligeait et qu'il avait toujours fait son devoir. A quelques heures de sa retraite, il ne renierait pas sa vie. Si Jef était un assassin, Toone vieillirait seul avec Greetje. Il ne souffrait pas tellement de cette décision et des ses hypothétiques conséquences car, en dépit des doutes de Piet, il gardait confiance en son fils. Une confiance qui datait de si loin qu'il n'était pas possible de la dissiper sur simple commande.

Presque à l'angle de Muidepoort et de la Roerstraat, Toone, que Piet accompagnait chez lui, vit venir deux hommes bras dessus, bras dessous qui paraissaient avoir abusé de la bouteille. Rik Steveniers et son copain Joris Claeskens s'étaient vraisemblablement consolés un peu trop largement des misères de la vie avec le genièvre de Loder Baeyens. De Vos dissipa leur euphorie en les apostrophant sévèrement :

— Qu'est-ce que cela signifie, Rik? En voilà une tenue!

Penaud, Steveniers se débarrassa d'une secousse de son compagnon.

— Excusez-nous, inspecteur... Mais Jos et moi, on a passé un fameux moment!

— Je m'en rends compte! Vous les connaissez ces oiseaux, Piet?

— Rik est aussi célèbre que le pont tournant; quant à ce gentleman, j'ai bien l'impression d'avoir sa photographie dans ma collection, Toone. Est-ce que je me trompe, l'ami?

Interpellé, Claeskens se redressa :

— Non, monsieur, non, vous êtes dans le vrai. J'ai un casier assez chargé mais... je suis rentré dans le droit chemin.

— A vous regarder marcher, on ne s'en douterait pas...

Histoire de flatter les policiers, Rik éclata de rire et enchaîna tout de suite :

— On était allé boire un verre au *Clou rouillé* et de contempler la tête de Baeyens, ça nous a donné un tel coup qu'il a fallu nous remonter!

Intrigué, de Vos s'enquit :

— Qu'est-ce qu'il a ce bandit de Loder? Il est malade?

— A mon idée, c'est dedans que ça le tient... Il paraît que M. Van Daële s'est présenté tantôt chez lui, qu'il lui a balancé un verre de genièvre dans la figure et qu'il lui a promis un très prochain séjour en prison. Ça l'a retourné, le Baeyens! On était si contents, Jos et moi, de le regarder pleurnicher qu'on a peut-être bien dépassé un peu notre contenance...

A ce moment, Justine Maes déboucha de la Roerstraat dans le cliquetis de ses bijoux. A la vue des quatre hommes, elle s'exclama :

— Toone, je te cherchais! Greetje n'a pas su me dire quand tu devais rentrer. C'est au sujet d'Edmond...

— Qu'est-ce qu'il a?

— Depuis ta visite, il est plongé dans une prostration complète. Il pleure, il gémit qu'il est un bon à rien, que chaque fois qu'on lui fait confiance, il commet des sottises... Il se demande ce qu'il fabrique sur terre... Enfin, tu vois le genre?

— Pourtant, je ne me suis pas montré tellement brutal?

— Non, mais après ton départ, je l'ai un peu secoué...

Toone sourit en pensant à ce que sa belle-sœur entendait par « un peu secoué ». Le pauvre Edmond avait dû avoir droit à une scène terrible.

— Et alors, Justine?

— Il m'inquiète, Toone. Je venais te prier de venir lui parler pour le rassurer.

— Maintenant?

— En taxi, nous en avons pour dix minutes.

— Entendu, je ne souhaite pas que tu deviennes veuve prématurément...

— Attends-moi un instant; je cours dire à Greetje que je t'emmène...

Elle s'enfuit et sa course s'accompagnait du bruit clair de son harnachement entrechoqué. Jos Claeskens poussa un long sifflement d'admiration.

— Eh ben! pardon. C'est la femme d'un ministre?

Ils le regardèrent tous trois, ne saisissant pas à quoi rimait cette question saugrenue et Tonne répliqua :

— Voilà une drôle d'idée! Mais pour quelle raison, Claeskens, prenez-vous ma belle-sœur pour l'épouse d'une de nos Excellences, ce dont Justine sera très flattée, d'ailleurs?

— Parce que seules les femmes des ministres peuvent se balader avec une pareille fortune sur elles.

Ils éclatèrent de rire et devant la mine étonnée de Jos, Toone précisa :

— Ne le répétez à personne, mais c'est du toc. Justine adore les bijoux et comme son mari n'a pas les moyens de lui en payer de vrais, il lui en achète des faux... même un peu trop à mon goût, mais elle a toujours été ainsi.

Claeskens ne se dérida pas.

— Je ne sais pas quel jeu vous jouez, monsieur l'inspecteur, mais j'étais connu comme l'un des meilleurs receleurs du marché clandestin. On me surnommait « Blanc-Bleu » pour rendre hommage à mon coup d'œil. Il n'y en avait pas un comme moi pour juger de l'eau d'un diamant...

— Et alors?

— Je vous donne ma parole, monsieur l'inspecteur, que cette dame trimballe pour plusieurs millions de bijoux sur elle!

— Vous êtes ivre!

— Je l'étais un peu tout à l'heure, mais la vue des belles pierres me dégrise toujours...

Rik ajouta encore à l'embarras général en soulignant :

— Il faut avoir confiance en lui, monsieur l'inspecteur; les connaisseurs vous diront qu'il ne s'est jamais trompé.

Et, conscients d'avoir été dignes de leur réputation, les deux copains s'éloignèrent après avoir souhaité bon appétit aux policiers. Toone, incertain, sollicita l'avis de Piet :

— Ils ont voulu se payer ma tête ou quoi?

— Ils paraissaient sincères.

— Mais enfin, je sais ce que gagne Edmond! Où Justine prendrait-elle l'argent? C'est une honnête fille, incapable de se procurer des ressources inavouables... Et puis, entre nous, elle n'a plus l'âge pour ce genre d'occupation!

— A première vue, évidemment, tout cela paraît un peu loufoque... mais pourquoi ce Claeskens se moquerait-il de nous? Dans sa situation, ce serait bien imprudent!

— Il y a ce qui est possible et ce qui ne l'est pas! Que Justine puisse disposer de millions entre dans le domaine des impossibilités!

— Écoutez-moi, Toone, le plus simple est de la prier de vous confier deux ou trois de ces bijoux sous prétexte d'acheter les mêmes en prévision d'un cadeau. Vous les ferez expertiser.

— Bien sûr... mais je vais me couvrir de ridicule auprès de l'expert...

Dans le taxi qui les emmenait à la Proostraat, de Vos semblait si préoccupé que Justine ne put s'empêcher de lui demander à quoi il pensait.

— Une plaisanterie dont je suis la victime et qui m'énerve parce que je n'en devine pas la raison.

Elle se garda d'insister, sachant que son beau-frère détestait qu'on mît le nez dans ses affaires. Pendant le trajet, Toone tenta de deviner si les bijoux de Justine étaient vrais ou faux, mais il n'avait pas la science de Claeskens dit « Blanc-Bleu ». Son impuissance l'énervait, mais il eût été beaucoup plus exaspéré encore s'il avait appris que Piet Van Daële le suivait dans un autre taxi.

Lorsque Edmond entendit de la bouche de son beau-frère que ce dernier ne lui tenait pas rigueur et quand Toone l'eut assuré que n'importe qui à sa place aurait pu se tromper, il donna l'impression de revivre.

— Alors, c'est vrai? Tu ne me considères pas comme un incapable?

— Mais non! réagis un peu! Edmond! Ne prends pas toujours un air de chien battu! Il faut avoir le courage de se battre dans la vie, de faire front!

Piteux, Maes avoua :

— Je n'ai jamais su et j'ai bien peur qu'il ne soit trop tard pour apprendre.

Heureuse de constater l'amitié des deux hommes, Justine annonça :

— On donnera un fameux dîner pour célébrer les fiançailles de Jef et de Greta. Qu'est-ce que tu en dis, Edmond?

— Moi, je suis d'accord.

— Et toi, Toone?

— Et comment!

— Je mettrai les petits plats dans les grands. Je combinerai ça avec Greetje, mais il faudra vous faire chic, les uns et les autres! Tenue de gala!

Cette expression ramena les pensées de Toone aux bijoux de sa belle-sœur. Se forçant à prendre un ton enjoué, il la pria de lui montrer ses joyaux.

— Pour te moquer de moi?

— Pas du tout... J'aimerais en offrir un à Greetje et tu en as tellement que je préfère choisir ici que chez le marchand. Tu me donneras, en plus, ton avis.

Pendant que Justine partait chercher son coffre, Edmond proposa à de Vos de prendre l'apéritif et quitta la pièce à son tour. Demeuré seul, Toone réalisa qu'il était maintenant obligé d'offrir un bijou à sa femme qui ne les prisait guère. Surprise donc par ce cadeau, comment pourrait-il lui expliquer sa démarche imbécile auprès de Justine?

M^me^Maes revint portant une longue boîte d'acajou qu'elle tenait de famille. Elle la plaça sur la table devant son beau-frère et en souleva le couvercle. Toone crut se trouver au théâtre lorsque, dans les mélodrames, l'héroïne découvre le trésor lui permettant d'épouser l'homme de son choix. Brillant avec plus ou moins d'éclat, perles, diamants, rubis, saphirs, émeraudes, topazes formaient un amoncellement chatoyant.

— C'est joli, n'est-ce pas?

Il y avait tant de timidité dans la voix de Justine que de Vos eut honte et faillit l'embrasser en lui demandant pardon. Cependant, songeant à Van Daële, il choisit au hasard des rubis et des diamants.

— Que penses-tu de ceux-là?

— Ce sont ceux que je préfère...

— Tu me les prêtes?

— Cette question!... Mais pour Greetje, les diamants seraient mieux indiqués.

— Tu crois?

— Il me semble... C'est plus discret.

Entendre Justine parler de discrétion s'avérait assez cocasse. Mais elle était si sincère qu'elle en devenait émouvante.

— Bon. Eh bien! j'emporte ces deux-là...

— Non, Toone, tu n'emportes rien du tout!

Ils se retournèrent, ébahis, et virent Edmond sur le seuil, mais un Edmond qui ne ressemblait plus à celui qu'ils connaissaient depuis tant d'années. Le regard dur, l'allure décidée, la voix sèche, c'était un homme qui se tenait en face d'eux et Toone le devina tout de suite dangereux. Le policier avait de la peine à coordonner ses idées. Il ne comprenait pas encore ou, du moins, il redoutait d'avoir à comprendre. Quant à Justine, la bouche ouverte, elle ne revenait pas de la métamorphose de son mari. Sans la moindre conviction, Toone feignit de plaisanter.

— Ne joue pas au gangster, Edmond, ce n'est pas ton emploi!

Il fit mine de glisser les bijoux dans sa poche. Un revolver apparut dans la main de Maes.

— Laisse ça!

Justine poussa un léger cri et tomba au sol, évanouie. Toone les regardait alternativement l'un et l'autre. Edmond avança d'un pas.

— Écarte-toi de la table, Toone.

Il obéit. Maintenant, il savait.

— Dommage que tu aies choisi ceux-là, Toone... Si tu avais pris les émeraudes ou les saphirs, je t'aurais laissé tranquille... Ils sont faux.

— Tandis que les diamants... ?

— Les diamants, les rubis et les perles sont vrais. Qui t'a mis sur la piste?

— Quelle importance?

— Tu as raison. Je n'avais pas prévu un départ aussi rapide. Tu m'obliges à me hâter. Je file tout de suite et m'embarquerai à Anvers. L'embêtant, c'est que je suis contraint de te supprimer pour t'empêcher de me courir après.

De Vos se reprenait.

— A ta place, j'agirais de même.

Une lueur d'admiration brilla dans les yeux de Maes.

— Tu as du cran. J'ai toujours eu de l'estime pour toi, Toone. Tu es un bon policier.

— Merci, mais ce n'est pas vrai. Si j'avais été un bon policier, tu ne m'aurais pas dupé comme tu l'as réussi pendant des années.

Puis il montra Justine.

— Et elle?

— Il faut qu'elle y passe aussi. Impossible de la laisser derrière moi. Je le regrette car, bien qu'idiote, elle n'est pas méchante.

— Emmène-là!

— Tu veux rire? Il y a assez longtemps que je la supporte et puis, entre nous, je la crois assez stupidement honnête pour refuser de partager la vie d'un assassin.

— Bon. Alors, dépêche-toi...

— Tu as tellement envie de mourir?

— Non, mais j'ai honte d'avoir été si bête...

— Tu ne pouvais pas deviner. Avoue que j'ai bien joué mon rôle, hein? Le pauvre petit employé qui laissait sa femme porter la culotte. Vous aviez tous un peu pitié de moi. Ce que vous m'amusiez! Et cette grande sotte de Justine qui se plaignait du coût de la vie en trimbalant des millions autour du cou ou à ses doigts... De quoi crever de rire, je t'assure. Tu ne penses pas que c'est une idée de génie de transformer sa femme en coffre-fort ambulant? Elle ne voyait pas de différence entre les bijoux de pacotille et les autres que je glissais parfois dans le tas... Je vous étalais une fortune sous le nez et personne ne s'en apercevait! Car, tu sais, Toone, il y en a pour six ou sept millions[1]... De quoi vivre tranquillement en Amérique du Sud jusqu'à ma mort.

— D'où vient cet argent?

— Sans blague? Tu n'as pas déviné que c'était moi le patron de Deeske Poelman? Des années que j'envoie là-bas les demoiselles souhaitant voir du pays... J'utilisais Deeske comme rabatteur. Qui se serait méfié d'Edmond Maes, l'humble voyageur de commerce? Je passais en France, en Hollande, en Allemagne; je circulais à travers la Belgique sans éveiller la moindre suspicion. Tu n'imagines pas le nombre de demoiselles imprudentes qui rêvent de connaître d'autres horizons! Il suffit d'un apéritif pour les confesser. Après, question de baratin et hop! en route pour la fortune avec une bonne commission pour le petit Edmond... J'espérais que mon trafic durerait encore un an ou deux mais il a fallu que cet imbécile de Deeske revienne au Muide malgré ma défense. Je ne désirais pas qu'on chassât dans tes parages. Deeske ne m'a pas écouté et, un jour, il m'a collé en présence de Siska de Geest. La catastrophe puisque, par Jef, elle me connaissait. Plus maligne que les autres, elle a compris ce qui l'attendait. Peut-être aussi ai-je été trop vite car le temps me durait de m'en débarrasser. Bref, elle m'a menacé de révéler à ton fils le vrai métier de son oncle. J'ai dû la tuer, à contrecœur, mais je devais penser à ma peau.

— Malvina... c'est toi, aussi?

— Il a bien fallu... Elle prétendait me faire chanter, cette idiote! J'ignorais que Siska lui avait parlé de moi. Elle ne valait pas cher, Malvina. Je l'ai étranglée

(1) Francs belges.

sans remords pendant l'entracte du cinéma. Et puis, Deeske a pris peur. J'ai compris, après son interrogatoire, que tu as eu la gentillesse de me rapporter, qu'il mangerait le morceau. Il fallait l'éliminer pour ma sauvegarde. Dans toute cette affaire, la seule chose qui m'ait vraiment ennuyé, c'est que Jef ait failli payer les pots cassés... Toujours à cause de Deeske qui, par haine des de Vos, a cru intelligent de téléphoner à la police quand j'en ai eu terminé avec Siska.

— Et dire que je ne t'ai pas soupçonné une minute...

— Console-toi. Le plus fin limier n'en aurait pas eu l'idée. Au vrai, sans que tu t'en doutes, nous avons collaboré.

— Comment ça ?

— Tu me tenais au courant de l'enquête et c'est, en somme, toi, sans le savoir, qui m'a commandé d'éliminer Malvina et Deeske... Une chance que Justine ait un sommeil de plomb que je renforçais discrètement d'un somnifère les nuits où j'avais à travailler...

De Vos, anéanti par cette dernière révélation, ne parvenait pas à retrouver sa complète lucidité et à envisager un moyen d'échapper. Déjà, il se résignait, conscient d'avoir perdu une partie jouée en aveugle. Il pensa à Greetje. Elle vieillirait seule...

— Toone, si je te demandais ta parole de ne parler de moi à personne en échange de ta vie, tu refuserais ?

— Je refuserais.

— Nul n'est au courant de mes activités. Justine se taira. Elle ne sera qu'une épouse abandonnée comme tant d'autres. Quant au meurtre des filles, vous classerez l'affaire... Ça m'embête de te tuer, Toone. Promets-moi le silence et je me sauve.

— Non.

— Tête de mule! Pourquoi?

— Oh! pour des tas de raisons que tu ne peux pas comprendre.

— L'estime de tes chefs?

— Ma propre estime, Edmond... pour ne pas abdiquer, pour rester jusqu'au bout le vieux Toone de Vos à la tête dure... pour que Greetje ne se soit pas trompée sur mon compte... De toute façon, tu es fichu... Van Daële comprendra vite pourquoi tu m'as abattu...

— Ce n'est pas Van Daële que je crains!

— Tu as tort, c'est un policier de tout premier ordre et, de plus, il se trouvait là quand on a attiré mon attention sur les bijoux de ta femme.

— Et tu te figures que je vais donner dans le panneau?

— Cela m'est complètement égal... Tu es mal embringué, Edmond... En ne voyant pas les bijoux, Van Daële saura que le meurtrier les a emportés et comme Justine sera là... il n'aura pas le choix. Tire maintenant, qu'on en finisse... Lorsque Van Daële t'auras arrêté, raconte-lui ce qui s'est passé entre nous dans ces dernières minutes... Je serais content qu'il m'accordât son amitié *post mortem*...

— Vous l'avez déjà, Toone de Vos!

Maes tira en même temps qu'il se retournait vers la porte où se tenait Piet. Mais la vitesse de son geste l'empêcha de viser. Sa balle entra dans le mur. Avant qu'il eût appuyé une seconde fois sur la gâchette, le policier fit feu à son tour. Piet était adroit. Frappé au front, Edmond Maes tomba le visage en avant.

— J'étais en état de légitime défense. C'est votre avis, Toone?

— C'est mon avis.

— Et de toute façon cela évite un procès fort ennuyeux.

— Merci.

C'est seulement à ce moment-là que Justine se mit à hurler.

Après qu'ils eurent rédigé leur rapport au commissaire de Conninck, les deux policiers remontèrent vers la Roerstraat où ils devaient avertir Greetje des raisons pour lesquelles sa sœur allait vivre sous son toit.

— Je vous dois la vie, Piet.

— J'ai eu la chance d'arriver au bon moment.

— Tout de même, comment avez-vous eu l'idée de venir chez les Maes?

— J'ai toujours été persuadé que l'assassin se tenait dans votre entourage immédiat. Ça ne s'expliquait pas autrement. On avait l'impression que vous mettiez le meurtrier au courant de tous nos faits et gestes. Si ce n'était pas vous, il fallait que ce soit quelqu'un de vos intimes. C'est pourquoi je m'axais sur Jef sans parvenir à lui donner un motif valable de tuer. La remarque de Jos Claeskens ne m'a pas ouvert les yeux tout de suite. Quand vous êtes parti avec votre belle-sœur, j'ignorais si vous désiriez vous renseigner ou la mettre en garde. Dans le taxi, j'ai bien songé à Edmond Maes; mais qui aurait pu se douter qu'un personnage aussi falot, aussi effacé pouvait être ce qu'il était en réalité? Ce n'est qu'en entendant votre conversation avec Edmond que j'ai réalisé pleinement que, vous et moi, nous nous étions laissés rouler. Sans Jos Claeskens, nous n'aurions jamais découvert la vérité. Une belle leçon de modestie, vous ne trouvez pas?

— Si.

Greetje, qui devait guetter la venue de son mari, lui ouvrit la porte. La présence de Piet refréna son agitation. Elle se contenta de remarquer :

— Ce n'est pas malheureux que tu te sois, enfin, décidé à rentrer! Et moi qui t'ai préparé un waterzoï[1]!

Toone demeurant impassible, elle s'adressa à Van Daële :

— N'est-ce pas, inspecteur, qu'on ne doit jamais faire attendre un waterzoï?

— Madame de Vos, il y a des circonstances où le meilleur waterzoï n'a plus beaucoup d'importance... Nous avons de mauvaises nouvelles pour vous.

Alors, regardant leurs visages fermés et tristes, elle commença d'avoir peur.

(1) Poulet bouilli avec son bouillon de cuisson lié à la crème.

Les Maîtres du Roman Policier

Première des collections policières en France, Le Masque se devait · rééditer les écrivains qu'il a lancés et qui ont fait sa gloire.

RMSTRONG Charlotte
40 L'étrange cas des trois sœurs infirmes
67 L'insoupçonnable Grandison

EDING Francis
38 Le numéro gagnant

RKELEY Anthony
3 Le club des détectives *(juin 85)*

GGERS Earl Derr
0 Le perroquet chinois

ILEAU Pierre
2 Le repos de Bacchus *(Prix du Roman d'Aventures 1938)*
4 Six crimes sans assassin

ILEAU-NARCEJAC
8 L'ombre et la proie

UCE Leo
8 Sang froid *(mai 85)*

RR John Dickson
5 Suicide à l'écossaise
5 Le sphinx endormi *(avril 85)*
4 Le juge Ireton est accusé *(juin 85)*

RTOIS Yves
2 L'horoscope du mort

ELOT Francis
4 Le coq en pâte *(avril 85)*

YLE Sir Arthur Conan
4 Une étude en rouge *(juil. 85)*
3 Le chien des Baskerville

RÈBE Maurice Bernard
3 La pire des choses

R A.A.
Bousculez pas le magot
Quitte ou double
Des yeux de chouette

GARDNER Erle Stanley
1797 La femme au masque *(juil. 85)*

HEYER Georgette
297 Pourquoi tuer un maître d'hôtel?
484 Noël tragique à Lexham Manor

HUXLEY Elspeth
1764 Safari sans retour

KASTNER Erich
277 La miniature volée

KING Rufus
375 La femme qui a tué

LEBRUN Michel
1759 Plus mort que vif

LOVESEY Peter
1201 Le vingt-sixième round *(juin 85)*

MAGNAN Pierre
1778 Le sang des Atrides

MILLER Wade
1766 La foire aux crimes

NARCEJAC Thomas
355 La mort est du voyage *(Prix du Roman d'Aventures 1948)*
1775 Le goût des larmes

PALMER Stuart
117 Un meurtre dans l'aquarium
1783 Hollywood-sur-meurtre *(avril 85)*

QUENTIN Patrick
166 Meurtre à l'université

ROSS Jonathan
1756 Une petite morte bien rangée

RUTLEDGE Nancy
1753 Emily le saura

SAYERS Dorothy L.
174 Lord Peter et l'autre

191 Lord Peter et le Bellona Club
1754 Arrêt du cœur

SÉCHAN O. et MASLOWSKI I.
395 Vous qui n'avez jamais été tués *(juil. 85)*

SHERRY Edna
1779 Ils ne m'auront pas

SLESAR Henry
1776 Mort pour rire

STAGGE Jonathan
1736 Chansonnette funèbre
1771 Morphine à discrétion
1789 Du sang sur les étoiles *(mai 85)*

STEEMAN Stanislas-André
84 Six hommes morts *(Prix du Roman d'Aventures 1931*
95 La nuit du 12 au 13
101 Le mannequin assassiné
284 L'assassin habite au 21
305 L'ennemi sans visage *(mai 85)*
388 Crimes à vendre
1772 Quai des Orfèvres

TEY Josephine
1743 Elle n'en pense pas un mot

THOMAS Louis C.
1780 Poison d'avril

VERY Pierre
60 Le testament de Basil Crookes *(Prix du Roman d'Aventures 193(*

Le Club des Masques

LDING Peter
31 Le gang des incendiaires

AHR E.J.
3 L'étau

ARNARD Robert
5 Du sang bleu sur les mains
7 Fils à maman *(juil. 85)*

ARR John Dickson
3 Le fantôme frappe trois coups

IEYNEY Peter
6 Rendez-vous avec Callaghan
3 Elles ne disent jamais quand
Et rendez la monnaie
Navrée de vous avoir dérangé
7 Les courbes du destin
L'impossible héritage

IRISTIE Agatha
5 titres parus, voir catalogue général)

RTISS Ursula
Que désires-tu Célia ?

DELOT Francis
La loi du talion

DRÈBE Maurice Bernard
La vieille dame sans merci
Gondoles pour le cimetière

BRAYAT
titres parus, voir catalogue général)

RM Betty
Le coupe-papier de Tolède

RIÈRE Jean-Pierre
Cadavres en vacances
Cadavres en goguette

H et ROTHBLATT
Une mort providentielle

EY Rae
Un coureur de dot
Requiem pour un amour perdu

GILBERT Anthony
505 Le meurtre d'Edward Ross

HINXMAN Margaret
542 Le cadavre de 19 h 32 entre en gare

IRISH William
405 Divorce à l'américaine
430 New York blues

KRUGER Paul
513 Brelan de femmes

LACOMBE Denis
456 La morte du Causse noir
481 Un cadavre sous la cendre

LANG Maria
509 Nous étions treize en classe

LEBRUN Michel
534 La tête du client

LONG Manning
519 Noël à l'arsenic
528 Pas d'émotions pour Madame

LOVELL Marc
497 Le fantôme vous dit bonjour

MARTENSON Jan
495 Le Prix Nobel et la mort

MONAGHAN Hélène de
452 Suite en noir
502 Noirs parfums

MORTON Anthony
545 Le baron les croque
546 Le baron et le receleur
547 Le baron est bon prince
548 Noces pour le baron
549 Le baron se dévoue *(avril 85)*
550 Le baron et le poignard *(avril 85)*
552 Le baron et le clochard *(mai 85)*
553 Une corde pour le baron *(mai 85)*
554 Le baron cambriole *(juin 85)*
556 Le baron bouquine *(juil. 85)*

IMPRIMÉ EN FRANCE PAR BRODARD ET TAUPIN
58, rue Jean Bleuzen - Vanves - Usine de La Flèche.
ISBN : 2 - 7024 - 0869 - 9

H 31/044